KB126094

애벌레비를 맞으면
EQ가 올라간다!?

애벌레비를 맞으면
EQ가 올라간다!?

초판 1쇄 인쇄일 2016년 9월 21일
초판 1쇄 발행일 2016년 9월 27일

지은이 박종만
펴낸이 양옥매
디자인 이수지
교 정 조준경

펴낸곳 도서출판 책과나무
출판등록 제2012-000376
주소 서울특별시 마포구 방울내로 79 이노빌딩 302호
대표전화 02.372.1537 **팩스** 02.372.1538
이메일 booknamu2007@naver.com
홈페이지 www.booknamu.com
ISBN 979-11-5776-259-0(03800)

이 도서의 국립중앙도서관 출판시도서목록(CIP)은 서지정보유통지원 시스템
홈페이지(http://seoji.nl.go.kr)와 국가자료공동목록시스템
(http://www.nl.go.kr/kolisnet)에서 이용하실 수 있습니다.
(CIP제어번호 : CIP2016022361)

애벌레를 맞으면

EQ가 올라간다!?

박종만 지음

책과나무

숲에서 생활한 지 5년이라는 세월은 명상의 시간이었고 실행의 시간이었다. 이태까지 누려보지 못했던 행복하고도 화려한 5년의 감동의 기록이다.

152㎝의 작은 키에 만삭의 배, 못생겨서 평생의 소원이 연애 한번 해보는 것이었지만 끝내 그 소박했던 꿈조차 이루지 못하고 간 슈베르트는 내가 그 나이 적에 동병상련의 친구였다.

열등의식에 사로잡혀 젊은 시절을 보낸 나는 중년에는, 평생 베토벤의 작품과 비교하며 자기 작품을 폄하하며 괴로워했던 브람스처럼 비교의 덫에 갇혀 큰 회사만을 목표로 'go! go!'를 외치며 전력 질주하느라 창밖의 풍경 따위는 눈에 들어오지도 않았던 불쌍한 시절은 IMF 때의 부도로 끝이 났고, 힘들어했던 나에게 조언해 준 사람은 칸트와 니체였다.

고통스럽더라도 생각하는 삶을 살라며, 힘든 삶을 두려워하지 말라는 그들의 말이 귀에 들어왔다. 최악의 사건이 전화위복이 되어 삶 같은 삶을 회복하는 절호의 기회가 된 것이다. 젊었을 때에 나를 학대한 죄를 속죄하기 위해서라도 이제 난 나를 지극히 사랑해야 할 의무가 있다.

아주 가느다란 줄이 크나큰 코끼리 다리에 살짝 걸쳐져 있는 모습이 하도 우스꽝스러워 물어보았더니, 아주 어렸을 적에 자기를 묶었던 그 가느다란 줄이 크게 성장한 후에도 '영원히 자기를 묶고 있다'는 고정관념 때문에 그 줄을 충분히 끊을 수 있는 지금에도 끊을 생각조차 못하고 여전히 묶여 있다고 한다.

이제 그 줄을 끊고 용감히 자유인으로 다시 태어나련다. 사랑하는 전나무가 길을 열어 주었고 느티나무가 안내해 주었다. 신세계를 찾아서, 또 나를 찾아서 떠나는 여행이다.

바쁘심에도 불구하고 여러 모양으로 적극 도와주신
국립수목원 숲해설가 선생님들께 특별히 감사드립니다.

2016년 9월

박 종 만

책을 내며   · · 004

01. 광릉숲

떠나지 못한 새   · · 010
눈 내리는 숲   · · 013
애벌레비를 맞으면 EQ가 올라간다!?   · · 015
숲의 침묵   · · 018
진실들만이 사는 곳   · · 021
호랑이의 슬픈 포효   · · 023
소리가 흐르는 소리정원에서   · · 025
정원 小考   · · 029
생태관찰로 산책   · · 037
육림호의 수련   · · 039
Economical과 Ecological   · · 041
고독한 두 발의 리듬   · · 043
베토벤의 산책길   · · 045
워드워즈의 자연과 산책   · · 048
칸트의 산책   · · 050
겨울나무   · · 053
씨앗, 절대계의 시공간   · · 055
금강송과 금송   · · 058
나무 명상   · · 059
매화   · · 061
아낌없이 주는 나무   · · 064
함박꽃나무   · · 067

02. Green

4월에 내리는 눈   · · 070
낙엽   · · 071
4월과 5월   · · 073
세계에서 가장 비싼 나무   · · 075
미르메코디아 에키나타   · · 076
자살하는 나무   · · 078
두바이와 베네치아   · · 080
광릉숲 drummer의 눈물   · · 081
기생의 비밀   · · 083
붉은색 小考   · · 086
붉은 장미를 좋아하게 된 사연   · · 088
프레이저 강의 뗏목   · · 090
죽은 놀이터에 평화는 없다   · · 091
세계에서 가장 추한 식물   · · 093
알렉산더 대왕과 알로에(socotorine aloe)   · · 095
인간계와 마법계에 군림하는 마초   · · 096
일본의 숲   · · 097
Mother   · · 099
숲 속의 사랑   · · 100
해설은 장악에서 시작되어 스토리로 전개된다   · · 102
영어 해설과 일본어 해설   · · 110

목차

03. 신념의 아름다움

혼자인 나	‥116
가을병	‥119
가을	‥121
일희일비	‥122
경제와 정치를 떠나며	‥125
새장을 탈출하여 숲으로 들어갔다	‥127
합창교향곡 제4악장	‥129
음악영화 베스트 목록	‥131
화내는 것은 천박한 짓이다	‥133
늙는다는 것	‥137
여행은 마상청앵도	‥139
천국에서의 외출	‥142
잠재의식과 능력	‥143
침묵	‥145
나는 묵자가 될 수 없다	‥146

04. 무능한 神

희망(Hope)	‥150
잔인한 유산	‥153
바그다드의 비극	‥154
여자의 독재 시선	‥156
어느 선교사의 마지막 말씀	‥158
팽목항의 눈물	‥160
알로하오에	‥161
소수의 법칙	‥163
벤츠 타는 웨이트리스	‥165
그 순간	‥167
가족 공연	‥169
무능한 神	‥170
교회 쇼핑	‥171
플러싱의 전설	‥172
블랙잭 여행	‥174
미국에 살기 싫다	‥178
이민자의 恨	‥180
제1 우수 민족	‥183
이 세상은 쉬는 곳?	‥185
영혼이 따뜻해지는 이야기들	‥187
활명수	‥189
아미쉬공동체가 답이 아닐까?	‥190
뜻밖의 귀한 손님	‥195
알파고의 충격	‥196
함평엑스포 공원 만세	‥198
치료하지 않는 캐나다 병원	‥199
All mine to give	‥200
관행의 폭주	‥202
화재로 무너진 날	‥203
부르클린의 추억	‥205
기막힌 반전	‥207
팁문화	‥209

05. 자유인 (libertus)

나는 왜 그토록 자유인을 꿈꾸어 왔는가?   ··212

내 인생의 황금기를 자유인으로 살고 싶다   ··214

주인으로 사는 고통   ··217

고통은 집중으로 향하는 길목   ··219

영화는 마지막 부분이 중요   ··220

자유인이 되기 위해서는 강한 힘이 필수   ··222

내가 그리는 자유인의 모습   ··223

노인을 위한 나라는 없다   ··225

자유의 여신상   ··226

자유를 생각하면 잊을 수 없는 세 장면   ··228

06. 비겁한 나, 당당한 나

내가 나를 보고 놀랐다   ··232

뼈저리게 후회하는 잘못들   ··233

좋아하는 것과 싫어하는 것   ··234

행복했던 때와 불행했던 때   ··235

잘하는 것과 못하는 것   ··236

나를 구속하는 것들   ··239

살고 싶은 삶   ··244

지난 5년간의 실천과 그 결과   ··254

실천 후의 상황   ··256

단 하나의 풀지 못하는 숙제   ··259

책을 마치며   ··260

01

광릉숲

떠나지 못한 새

눈 내리는 숲

애벌레비를 맞으면 EQ가 올라간다!?

숲의 침묵

진실들만이 사는 곳

호랑이의 슬픈 포효

소리가 흐르는 소리정원에서

정원 小考

생태관찰로 산책

육림호의 수련

Economical과 Ecological

고독한 두 발의 리듬

베토벤의 산책길

워드워즈의 자연과 산책

칸트의 산책

겨울나무

씨앗, 절대계의 시공간

금강송과 금송

나무 명상

매화

아낌없이 주는 나무

함박꽃나무

떠나지 못한 새

冬至달 기나긴 밤을 한허리를 베어내어
春風 니블 아래 서리서리 너헛다가
어론님 오신 날 밤이여드란 구뷔구뷔 펴리라

모처럼 그리움과 쓸쓸함이 가득한 곳에서, 느긋하게 정적을 즐기는 이 자유로운 내 입에서 황진이의 시가 절로 나온다.

여태껏 애처로이 – 혼자 부끄러운 곳이라도 가리고 있는 듯 – 달려 있는 까치박달나무의 잎들도 같이 흥얼거린다.

일찍이 가람님이 우리의 고시조 중에서 최고의 걸작으로 뽑은 시조, 미색에 시조, 한시, 춤, 노래, 가야금 그리고 거문고까지 갖춘 황진이의 모습을 그려 보며 임을 그리는 그 애틋한 그 마음속으로 들어가 본다.

차이콥스키의 비창이 들린다.

태양을 잃어버린 동토의 어두움이 애타게 그리는 따스한 한 줄기 빛! 안나 카레니나의 절망의 심연을 이토록 잘 그려 낸 얼어붙은 아름다운 겨울의 선율!

콘트라베이스의 가슴 서늘한 저음은 100년 전의 상트페테르부르크의 우울한 아픔을 오늘 이 순간 나의 가슴 깊숙이 전달한다. 300년 전의 베네치아의 찰랑거리는 겨울 소리도 비발디의 바이올린 고음 선율을 타고 날아온다.

닥터지바고의 라라의 노래는 결국 이 모든 것들을 하얀 마차에 싣고 자작나무 숲 사이로 사라진다. 그 낭만적으로 너울거리는 멜로디를 오래도록 겨울 숲에 남겨둔 채.

천재가 만들고 천재가 연주하는 곡을 나 같은 문외한도 소화할 수 있는 영역을 남겨둔 그 아량에 감사한다.

새들이 모여 하이든의 종달새를 겨울 숲에 어울리지 않게 희망차게 노래한다. 내 영혼이 맑아지는 순간이다.

올해도 다름없이 아프고 서러웠던 많고 많았던 삶의 사연들을 겨울 숲에게 하소연해 보고 싶다. 울창하던 잎들을 단 하나도 남김없이 이별하고 알몸으로 서 있는 겨울 숲에서 아등바등 단 하나도 떨구어 내지 못하는 이내 모습이 가련하기만 하다.

하지만 텅 빈 겨울 숲은 어제 일을 묻지 않는다. 너그러이 나의 허물을 감싸 줄 여백을 준비하고 있었다.

미처 남쪽으로 떠나지 못한 새들은 나무들과 함께 오들오들 떨며 먼 남쪽을 바라보며 헤어진 식구들을 그리워하는 모습! 그래서 우리는 그리움에 지쳐 죽으면 새로 태어난다고 했나 보다.

숲 속에 멍하니 앉아 그냥 나무들을 바라본다.

갑자기 싯다르타의 마음이 궁금해진다. 출가가 아무리 인도인의 삶의 한 순서라고는 하지만 사랑하는 아내 아들과 이별하고 숲으로 들어와

나무들을 바라보는 그의 마음은 어떠했을까? 싯다르타의 수행하는 모습을 50여 년간 지켜본 숲은 그에게 위로의 화답을 하였을 것이고, 결국 깨달음으로 인도하였을 것이다.

눈 내리는 숲

꽃이 밑에서부터 피어오르는 것이라면, 눈은 위에서부터 피어 내리는 것, 그것은 숲을 향해 바치는 하늘의 헌화.

눈이 오면 누군가 그리워진다. 만나고 싶다. 설렌다. 가슴 두근거리던 그 시절이 그립다. 그 옛날의 찻집 생각에 눈물이 난다. 따뜻한 온기가 손끝으로 스며들고 화려한 내음은 코끝에 머물고 시선은 창밖의 흰 눈 위에 머문다. 축복이고 행복이다.

이 겨울에 나도 이제 마지막으로 행복을 흩뿌려 주고 싶다.

눈의 마음은 그 순백의 모습처럼 맑고 고울 것이다. 그 속에 있는 나도 마음이 맑아진다. 목적 없이 아무 생각 없이 그냥 걷고 싶다.

눈 내리는 숲, 미동도 하지 않고 조용히 숨죽이고 내리는 눈조차도 소리 없이 아주 조용히 쌓여 가기만 한다.

바람도 없이 내리는 대로 쌓이는 눈, 시간이 지날수록 눈은 휘몰이장단으로 춤을 춘다. 누가 있어 저 작은 눈송이들을 춤추게 하나.

세상을 온통 하얗게 덮고도 또 내린다. 키 큰 메타세쿼이아는 또 하얗게 눈을 뒤집어쓴다. 높은 곳을 한참을 쳐다보니 내가 쏟아지는 눈 속으로 빨려 들어간다. 언젠가 뮌헨에서 취리히까지 가는 5시간 내내 함박눈이 아름답게 내려, 한시도 차창 밖에서 눈을 뗄 수가 없었던 적이 있다. 산과 들과 호수와 도시까지도 하얀, 이 진정한 하얀 평화를 누릴 수 있기에 이 늙음도 누추하지 않다.

애벌레비를 맞으면 EQ가 올라간다!?

5월 중순이 되면 어느 날 갑자기 색깔이 초록색으로 변하면서 숲 안이 꽉 찬다. 그와 동시에 수많은 애벌레들이 공중에서 자기가 만든 줄에 매달려 떨어지는 것에 놀란다. 징그럽게만 보이던 애벌레들이 언제부턴가 귀여운 아이처럼 친근하게 다가오며 속삭인다.

'올해도 이렇게 다시 만났네요, 축하해요!'

사실 그렇다. 국립수목원의 숲해설가로 다시 뽑힐 기약 없이 작년에 여길 떠났으니까. 떨어진 애벌레를 조심스레 집어 나뭇잎 위에 얹어 준다.

국립수목원엔 1년에 네 차례의 비가 내린다. 매년 어김없이.

4월 ⇨ 꽃비

5월 ⇨ 애벌레비

9월 ⇨ 도토리비

11월 ⇨ 낙엽비

나 스스로 이 비들을 맞으면 일생의 행운이 올 것이라고 스스로 최면을 걸고, 내심 제발 한번 맞아 봤으면……. 소원했지만, 4년 동안 딱 한 번 맞은 것이 애벌레비뿐이다.

절로 소리를 질렀다.

"드디어 애벌레비를 맞았다! 내 어깨에 애벌레가 기어 다닌다!"

사실 이 비를 맞으면 행운이 온다든가 도토리비 한 번 맞으면 IQ 10이 올라간다든가 하는 이야기를 손님들에게도 하지만, 그 흔한 낙엽비조차 실제로 맞으려 들면 좀처럼 맞기란 어려운 것도 사실이다.

비를 나타내는 아름다운 우리말들을 소개해 본다.

가루비, 실비, 발비, 작달비, 여우비, 바람비, 도둑비, 꿀비, 단비, 일비, 잔비, 단비, 약비, 오란비.

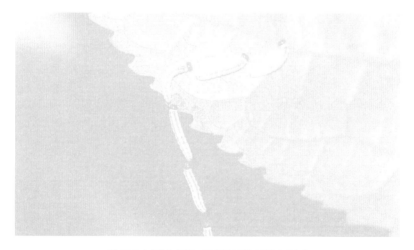

수노랑나비 애벌레비(사진 제공: 국립수목원 송원혁 숲해설가)

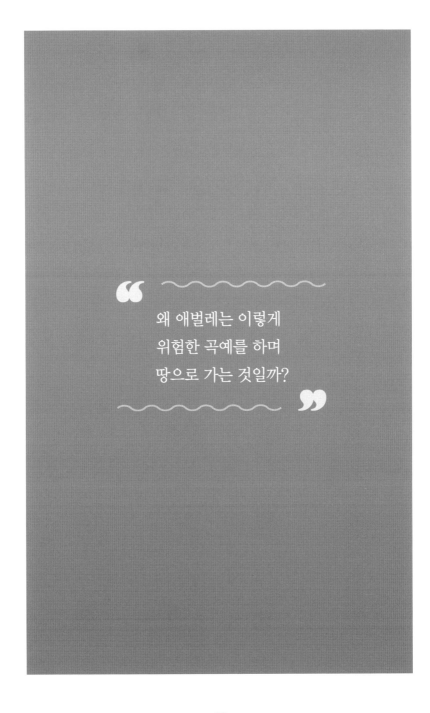

왜 애벌레는 이렇게
위험한 곡예를 하며
땅으로 가는 것일까?

숲의 침묵

빠른 시대에 느린 시간이 흐르는 숲,
누군가의 속삭임이 들린다.

"나무를 보고 말을 건네지 마라.
바람을 만나거든 말을 붙이지 마라.
산을 만나거든 중얼거려서도 안 된다.
물을 만나더라도 입 다물고 있으라.
그들이 먼저 속삭여 올 때까지……."

숲은 이해의 장소가 아니라 느낌의 장소이다.
숲은 새롭고 신비한 소리에 귀 기울이며 숨을 죽인다.
작은 나뭇잎 하나까지 신비한 소리에 귀 기울이며 꼼짝도 않고 있다.
햇살은 눈치도 없이 푸른 잎 사이로 뚫고 들어와 온통 푸른 세상을 황금
빛으로 물들이고 있다.

풀들을 바라본다.

보잘것없다.

잎 모양도 꽃 모양도……

하지만 아주 편안한 마음이 든다.

작약원이나 백합원에 가면

온갖 화려한 꽃들이 다 모여 있지만

긴장감이 돌고

오래 바라볼 수 없다.

전나무들로 꽉 찬 침묵의 숲.

늠름한 위엄을 갖춘 장대한 위용, 키만큼 높은 기상과 절개를 자랑하며, 낙오자 없이 100년의 아픔과 기쁨을 간직하며 서로를 위로한, 살아 있는 자들의 침묵.

전나무 숲의 침묵은 차라리 죽음에 가깝다.

숲의 침묵은 두렵다.

어두운 영들이 너울거리며 죽음을 재촉하는 듯, 가슴이 콩닥거린다. 전나무의 기개 앞에 서면 저절로 사색가가 된다.

저 나무를 닮고 싶다.

6월 하순이 되면 온 숲이 줄딸기로 뒤덮인다. 별 맛은 없는 것으로 알고 있었는데, 어느 날 호기심이 동하여 큼직한 하나를 따서 입에 넣어 보고는 스스로 소스라치게 놀랐다.

맛이 너무나도 황홀하였기 때문이다.

숲은 즐거움으로 가득한 곳이다.

느티나무 숲을 지나 참나무 숲으로 들어선다. 우리 한국인의 얼이 배어 있는 참나무는 언제나 따뜻한 아랫목 같이 포근함을 선사한다. 참나무야 말로 우리를 지켜 준 고마운 나무이다. 그 연기까지도 버릴 것 없으니.

비 오는 숲이 좋다.
촉촉이 젖어드는 잎들이 슬퍼 보인다.
왈츠 선율의 빗소리! 영들의 무도회가 열리는 순간!
그 속에서 그토록 보고 싶은 돌아가신 어머니를 만나
뜨거운 눈물을 흘린다.

진실들만이 사는 곳

숲은 그냥 가서 머물기만 하면 되는 곳이다.

Green Mother는 이미 우리의 모든 것을 알고 있다. 그냥 그곳에 가서 멍하니 있기만 하면 알아서 모든 것을 채워 준다. 숲은 너무나 오묘한 곳이기에 그 신비를 알기까지는 수백만 년은 더 걸릴 것 같다.

내가 매일 만나는 늙은 상수리나무는 수억 년의 DNA를 이어받아 오고 있기에, 아마도 1㎞ 멀리서도 나를 알아보고 뭔가 생각할 것이다. 도대체 '만물의 영장'이란 말은 어느 무식한 사람이 지은 것일까? 2~3천 년 묵은 거대한 나무들의 숲에서 가만히 앉아서 귀 기울이면 뭔가 들을 수 있을 것만 같다.

숲은 신성한 곳이자 신의 가장 순결한 창조물로 그 아름다움을 감상할 마음의 준비가 필요한 곳이며, 영혼이 맑아지는 곳이다. 평화를 찾기 위해 교회에 가는 것처럼 나는 숲으로 간다. 숲은 진실들만이 사는 곳으로 나의 영혼을 춤추게 하며 편안하게 나를 눕히는 곳이다. 넘어져서 껍질이 벗겨진 채 죽어 가는 나무들이 나를 바라본다. 나 역시 저런 모습으로 사라져 갈 텐데, 늦기 전에 모든 것을 풀어 놓아주고 떠나고 싶다.

17세기의 프랜시스 베이컨은

"자연은 인간에게 순종해야 하고, 정복당해야 할 존재"라고 했는데, 3세기 이상이 지난 오늘날의 이 끔찍한 현실을 본다면 그는 또 뭐라고 말할까?

호랑이의 슬픈 포효

＊

수목원에 있는 백두산 호랑이는 오후 4시 반이 되면 어김없이 포효하는데, 뒷산 물푸레봉까지 쩌렁쩌렁 울린다. 그 이유는 밥을 먹은 뒤 기분이 좋아서이고, 또 다른 이유는 멧돼지나 고라니 같은 다른 동물들에게 '내가 여기 있으니 조심하라'는 시위라고 하는데, 내 귀에는 슬픈 울음같이 들린다. 그 좁은 우리에서 거의 평생을 혼자 지내려니 오죽 힘들겠는가!

그리고 이제 몇 개월만 있으면 경북 봉화의 백두대간 수목원 의 100배도 더 넓은 우리로 이사를 간다는 것을 미리 알고 이별의 아픔을 부르짖는 듯 보인다. '이제 살날도 얼마 남지 않았는데 그 멀리까지 꼭 이사해야 하는가?' 하고 호소하는 듯도 하다.

백두산호랑이는 보통 호랑이보다 몸집이 1.5배 이상 크기에 1910년 한반도에 들어온 일본인들이 그 호피를 일본에 갖고 가면 부르는 게 값이었기 때문에 4,000여 마리가 단기간에 조선 땅에서 사라졌다고 한다. 안타까운 일이다.

BBC방송에 보면, 최근 1세기 동안 전 세계의 개체수의 98%가 줄었고 나머지 2%도 50년 안에 다 죽을 것이라고 한다. 사실 카스피 호랑이는

1990년에 이미 완전 멸종되었다. 지난 몇 년간 매일 호랑이 우리를 찾아가 서로(?) 인사하는 게 일과였는데, 나 역시 이 이별을 어찌 감당할 수 있을까!

야생의 호랑이는 늘 혼자 다닌다고 한다. 혼자인 나와 비슷한 데가 많다. 그래서 더 정이 가는지도 모르겠다.

갑자기 호랑이가 침묵한다. 표정이 없다. 생각도 없다. 그냥 내 앞을 왔다 갔다 할 뿐이다.

국립수목원의 백두산호랑이

소리가 흐르는
소리 정원에서

머리를 비워 주는 파란 바람 소리
새들의 짝짓기 소리
시냇물 소리 졸졸졸
다람쥐가 달려가는 소리
박새들의 합창 소리

조용히 눈을 감고 그 소리들을 듣노라면
살금살금 내 마음의 온도가 따뜻해져
환상의 세계로 날아올라 춤춘다.

잠시 침묵이 흐른다.
침묵과 소리들의 대화가 이어진다.
갑자기 시간이 느려지더니 아예 멈추어 버린다.
세상에서 가장 아름다운 고요의 소리가 들린다.

소리는 봄에도, 여름에도 그리고 가을에도 자란다.
잎끼리 부딪치는 소리가 봄에는 잎이 자랄수록,
가을에는 딱딱해질수록 점점 크게 자란다.
흐르는 시냇물 소리는 여름이 절정!
그 소리에서 진리를 만날 수 있다고 하는데,

좁고 닫혀 있는 내 마음속에서
그 진리를 만날 수는 없을 것이다.

아침의 소리와 저녁의 소리들 그리고
온갖 초록의 소리들이 내 마음을 훔쳐본 듯 내게 묻는다.
'지금 너는 소리들을 제대로 들을 수 있는 거니?'
보이지도 않고 들리지도 않는, 오직 느껴질 뿐인 소리들을
들을 수 있기에는 너무나도 혼탁한 나의 마음인 것을.

멀리서 사물놀이의 소리가 들린다.
꽹과리(천둥소리), 징(바람 소리), 장구(빗소리) 그리고 북(구름 소리)소리가
자연의 소리들을 신명나게 그려 낸다.
갑자기 유치원 아이들의 재잘거리는 소리까지 합세한다.
역시 자연의 소리와 잘 어울리는 화음이다.
아이들의 소리는 神의 소리이다.

갑자기 세월이 흐른다.

그 옛날 저 속에서 같이 놀던 개구쟁이들이 떠오른다.

진달래도 먹고, 개구리도 구워 먹던

그 아련하고 그리운 아름다운 장면들이

소리에 얹혀 눈물과 함께 흘러간다.

소리정원에 있는 농다리

충청북도 진천에 1,300여 년 전에 만들어진 훌륭한 우리 고유 전통의 다리 양식을 그대로 옮겨 지은 것이다.

소나무 소리

- 김시습

정원의 소나무 물결이 귀에 불어 찬데
소나무 부딪치는 소리 작은 난간에 불어든다.
신선 도홍경을 지금에야 깨달았으니
자연 속의 이 소리를 스스로 즐기리라.

소리정원에 있는 농다리

정원 小考

○ 정원이란?

내 머릿속에 자리 잡고 있는 정원은 '집안의 뜰'이다.

정원이란, 집 건물과 울타리 사이에 존재하는 것으로, 실용적이고 심미적으로 처리한 공간을 말한다.

LA 인근의 헌팅턴 라이브러리의 정원이라든가 베이징의 이화원, 그리고 일본의 켄로쿠엔 같이 우리로 치면 수목원급의 방대한 규모는 정원이라고 하기에는 좀 무리가 있다고 보인다. 천리포 수목원을 정원으로 부르기 어색한 것과 마찬가지.

어쨌거나 정원은 자연의 모습을 집안으로 가져와서 지식의 좁은 차원을 극복하여 철학적이고 예술적인 경지에까지 이르는 깨달음의 세계인 것이다. 여백의 침묵으로 자연과 하나가 되기 위한 노력의 場이라고 할 수 있다.

○ 우리의 정원

연전에 순천에 전시되어 있는 한국의 정원을 방문하고서 잠시 갸우뚱하였던 것은 내 머릿속에 그려져 있던 우리의 정원의 모습과는 거리가 있는, 마치 남의 나라 정원을 보고 있는 듯했기 때문이다. 그렇다고 해서 내 머릿속에 한국의 정원의 어떠한 정형화된 이미지가 그려져 있는 것도 아니다.

그래서 정원들을 다시 한 번 둘러보았다. 경복궁, 창덕궁, 내소사, 무량사, 송광사, 선암사, 선운사, 다산초당, 소쇄원, 명옥헌, 세연정, 소수서원 등등을……

둘러보고 난 후에도 '아! 이거였구나!' 하는 그림은 그려지질 않았다. 아마도 그 이유는 일본의 정원이 주는 강렬한 이미지가 나를 지배하고 있었기 때문일 것이다. 우리나라는 물론 중국이나 유럽, 미국, 일본의 정원들을 수도 없이 보아 온 내게 왜 유독 일본의 정원의 이미지가 지배하고 있을까?

현충사의 뜰에 있는 연못을 보는 사람마다 일본의 니죠조의 니노마루 정원의 연못을 닮았다고 하였는데, 수십 년이 지나서야 이제 그 연못을 바꾸겠다고 한다. 과연 어떤 모습으로 다시 태어날까 자못 궁금해지는 것은 우리나라의 전형적인 정원의 모습이 등장할 가능성이 높기 때문이다.

사실 내가 정원에 관심을 갖기 시작한 것은 캘리포니아주에 있는 수목원 헌팅턴 라이브러리를 보고서부터이다. 그 수목원의 한 가운데에 Japanese Garden이 실물 크기로 자리 잡고 있는데, 그 수목원의 테마 중 가장 인기 있는 곳으로 이미 정평이 나 있어서 언제나 인파로 북적인다. '이거 뭐야!' 약간 충격을 받고 돌아와서 자세히 알아보니, 북미의 웬만한 수목원에는 당연한 듯 일본 정원이 자리 잡고 있었고, 플로리다주나 오레곤 주에는 아예 일본의 유명 정원들만으로 꾸며 놓은 수목원이 있기까지 하다는 사실을 알았다.

사실 우리의 소쇄원이나 세연정, 또는 명옥헌의 정원도 충분히 어필할 수 있을 텐데, 아쉬움이 남는다.

독일의 문호 헤르만헤세는 말년에 정원을 가꾸며 그 자연 속에서 글을 쓰며 나무를 사랑하다가 간 작가이다.

"오는 봄날에는 내 이름을 불러 주세요. 나 거기 새로 잎 필게요."

그는 언제나 땅 속에서 환한 봄날의 한 줄기 햇빛으로, 아름다운 꽃으로 나올 것만 같은 느낌을 준다. 이 봄에 피어나는 싹들은 모두 다 누군가의 노래이다.

○ 아! 소쇄원!!

우리의 정원의 멋을 유감없이 보여 주는 보석과도 같은 존재이기에 국립수목원의 박물관에 전시되어 있는 축소 모형 앞에서 내국인들은 물론 외국인들에게도 장황하게 자랑을 늘어놓는다.

그런 내가 소쇄원에 직접 가 보고는 너무 감동을 받아 한참을 멍하니 넋을 잃고 서 있었다. 이 멋진 풍류가 세상에 또 어디 있을까! 500여 년 전의 우리 조상님들의 깊은 철학이 고스란히 나에게 다가오는 주체할 수 없는 그 감동!

천국의 정원이요, 神들의 정원이다.

투박하지만 자연을 고스란히 살린 우리 특유의 정원의 대표작으로 손색이 없는 이 대작을 왜 활용하지 못할까? 이 모습을 우리네 정원의 모습으로 내 머릿속에 단단히 새겨 넣었다.

○ 아! 세연정!!

해남의 땅끝마을에서도 한참 떨어진 자그마한 섬 보길도의 한가운데에
그토록 아름다운 보석이 숨겨져 있을 줄이야! 350여 년 전에 어떻게 이
토록 아름답고 독창적인 정원이 태어날 수 있었을까?

神과 바둑 한 수 하면 딱 어울릴 심오한 고요를 간직한 곳. 소쇄원은 이
미 익히 알고 있었지만 세연정이 이토록 아름다울지는 예상을 못했었기
에 더더욱 감동이 컸다. 역시 소쇄원과 같이 자연의 원형을 최대로 살
리면서 정자 하나 얹어 놓은 우리 특유의 구도, 바로 그것이었다.

○ 소수서원의 정원

처음 이 서원에 들어서면서 왜 하버드 대학이 갑자기 생각났을까? 하버
드는 200년도 앞서 세워진 이 서원을 흉내 낸 건 아닐까! 짜임새 있는
구성과 기품 넘치는 정원에 매료되어 그냥 한참을 넋을 잃고 있었다.
내가 돌아본 정원 중 백미.

○ 내소사의 뜰

대웅전의 앞뜰에는 알맞은 크기의 석탑 하나와 몇 그루의 관상수가 잘 어울려 넓지도 좁지도 않은 뜰을 적당히 채우고 있다.

기도하기 전이나 후에 깊은 신심을 돌보기에 안성맞춤인 환경을 제공하고 있었다. 송광사의 뜰에는 흔한 탑 하나 없는 것이 특징이고, 선암사 같이 두 개의 탑으로 장식한 뜰도 있고, 선운사같이 아예 뜰 한가운데에 집을 지어 버린 곳도 있는데, 내가 돌아본 절들 중에 내소사의 뜰이 가장 마음을 들었다.

뮌헨의 님펜부르크 성의 정원이나 프랑스의 베르사유 궁전의 정원, 또는 일본의 고라쿠엔 같은 정원들이 한결같이 인공미 넘치는 명령과 복종의 기하학적 미를 추구하는 경향에 비하여, 우리의 정원은 인공적인 것을 최소한으로 줄이고 자연 그대로를 최대한으로 살려, 다소 투박하게 보이는 면은 있으나 심오한 생각을 일으키는 매력이 있다. 현재 조성 중인 세종시의 수목원은 정원이 주제라고 한다. 어떤 모습으로 태어날까? 기대된다.

○ 나의 환희의 정원

나도 이제 정원을 한번 가꾸어 보고 싶다, 환희의 정원을! 내가 캘리포니아의 오렌지카운티에 잠시 있을 때의 일이다. 디즈니랜드 바로 옆의 애너하임 시에서는 매년 아름다운 정원 대회를 열었는데, 3년 연속 대상을 수상한 작품이 내가 아는 한국인의 집이었다. 약 100평 정도의 정원을 자신의 파라다이스로 가꾼 그 열정에 탄복했던 기억이 있다.

하지만 정원을 가꾼다는 것은 그리 만만한 일이 아니다. 몇 번의 홍수와 가뭄, 태풍을 겪고서야 비로소 자리를 잡는다.

애너하임의 정원을 본 이후로 정원이 있는 집을 가꾸어 보고 싶은 열망이 더욱 강해졌다. 난 나의 정원 이름을 'Mnemonic Garden'으로 미리 지어 놓았다. 맨 가운데에 산목련 한 포기만 심으련다. 새색시의 예쁜 얼굴이 고개를 숙이고 있는 정결하고도 겸손한 아름다운, 그리고 은은하고도 기품 있는 여린 향기를 감추고 있는 이 꽃을 난 '꽃 중의 꽃'이라 보기 때문이다.

그 밑에는 눈을 뚫고 싹이 올라오는 아름다운 노란 꽃 복수초 10포기를 심으련다. 오디, 앵두, 감의 그리운 맛도 맛보련다. 새들이 좋아하는 화살나무, 낙상홍, 노박나무와 오묘한 색의 마술을 부리는 복자기와 당단풍, 어릴 적 나의 친구들 채송화, 분꽃, 백일홍도 초대할 것이며, 다람쥐가 좋아하는 졸참나무도 심으련다. 하지만 침엽수는 사양하련다. 휑하니 뚫린 겨울 정원에서 봄, 여름, 가을을 그리워하련다.

Mnemonic 정원은 버넷의 The Secret Garden(비밀의 정원)처럼 기쁨과 생명을 주는 정원이 되어야 한다. 영국 사람들이 정원에 꽃, 과일, 채소, 잔디밭 등 다채롭게 가꾸는 것도 참고하고 싶다.

사실 눈을 크게 떠 보면 온 세상이 정원이다. 내가 좋아하는 오드리 헵번의 마지막 공식 활동이 세계 정원 산책이었는데, 나의 정원에도 그녀의 영혼이나마 초대하고 싶다.

강릉 선교장의 정원

주변의 호수, 바다, 산, 들 등과 잘 조화된 주택 정원의 백미.

생태관찰로 산책

이곳 숲길에는 네 군데의 쉼터가 있다. 쉬었다 가라, 뭐 그리 서두를 것 있는가? 시골 간이역같이 한가로이 평화 가득 즐길 수 있는, 따뜻한 너그러움이 가득한 그 쉼터를 나는 사랑한다.

이곳은 즉흥 연주의 장이다. 수많은 나무와 새들도 연주에 동참한다. 어메이징 그레이스를 아주 저음으로 나도 끼어든다.

현호색, 개별꽃, 피나물, 줄딸기…….
일주일 단위로 바뀌는 야생화들의 향연이 펼쳐지는 곳!
어설프지만 뭔가 깊이가 있는 그 꽃들을 바라보는 이 순간만은 그 누구도 미워할 수는 없다.
천남성꽃이나 섬초롱꽃과 같이 성전환을 하면서까지 좋은 유전자를 유지하려는, 강인하게 생을 이어 가는 야생화 같은 삶!

멀리서 딱따구리의 드러밍 소리가 온 숲을 울린다.
끝도 없이 두드린다.

무슨 신호이기에 온 숲이 갑자기 숙연해지는 걸까?

영혼의 울림이 긴 여운을 남긴다.

100년생의 전나무들이 등치에 어울리지 않게 속살을 다 드러내고 누워

있다.

의연하게 태풍에 맞서 싸운 오만의 결과?

한번 쓰러지면 절대 일어서지 못한다.

하지만 겸손한 풀잎은 쓰러지지 않는다.

행여 쓰러졌다 해도 대부분 스스로 일어선다.

지금은 영혼을 가꾸는 시간,

예민하게 열정적으로 가치를 향해 갈 준비를 한다.

느리기는 하지만,

먼 곳까지 바라볼 수 있는 사자의 눈으로.

육림호의 수련

조는 것 같이 한가한 아름다운 꽃,

많은 꽃잎을 세어 보다가 그윽한 향기에 흘려 미시에 핀다고 하여 '미시초'라고도 한단다.

아침에 피었다가 오후에 오므리기를 3-4일 하다가 다시는 피지 않는다. 그런 후에 꽃 대궁마저 물속으로 숨기고 꽃의 흔적을 말끔히 없앤다.

졸졸 흐르는 계곡물이 수련의 주위를 맴돌며 인사를 하고서는 미련 없이 사라진다.

잔잔한 호수 위의 작은 파문 하나가 조용히 수련의 품에 안긴다. 평화로운 어느 날 오후의 육림호의 수련들이 빨갛게 볼을 붉히며 수줍은 듯 인사를 건네 온다.

사계절 언제 보아도 수목원의 한 점의 진주 육림호!

육림호변에 있는 명물 자주목련꽃이 4월 20일경이면 만개한다. 소박한 풍경 속에서 홀로 어울리지도 않는 사치를 뽐내고 있다.

철쭉꽃이 양쪽에서 하늘거리고 바닥에 뿌려진 꽃비를 밟으며 걷는 이 길을 사랑한다.

Economical과 Ecological

'ecological'과 'economical'을 내가 잘 사용하는 이유는 숲을 이 두 가지 관점에서 보면 같은 숲이라 해도 정반대의 평가를 내릴 수 있다는 생각에서이다. 사실 국립수목원의 생태관찰로의 숲을 보았을 때, economical 관점(직접적인 수익의 관점)으로 보면 낮은 점수이지만, ecological 관점에서 보면 100점짜리이기 때문이다.

난 생태학을 공부하는 사람은 아니지만 숲에 살다 보니 약간의 관심이 동하여 살펴보니, 이 두 말은 모두 그리스어의 家를 의미하는 같은 어원을 갖고 있고, 19세기 후반에 독일 어느 학자가 'ecology'를 'economy of nature'라고 정의를 내리었다. 이것은 내가 지금까지 알고 있던 생태학이 '생물의 생태를 공부하는 학문'의 단순한 개념을 뛰어넘어 '생물이 환경으로부터 영향을 받기도 하고, 거꾸로 영향을 주기도 하는 상호작용을 공부하는 학문' 쯤으로 조정해야 할 것이다.

이런 관점에서 다시 보면 ecological 관점과 economical 관점을 상반되는 것으로 얘기할 수 있는가 하는 문제에도 부딪친다. 그래서 나의 생각도 조금은 수정 불가피하다는 것으로 선회하였다. 즉, 생태적인 관점과 인간 중심적인 관점으로.

흔히 세계에서 가장 숲을 잘 가꾸는 나라가 독일이고 그 숲 덕분에 베토벤, 슈베르트, 브람스가 있다고들 한다. 1980년대 독일의 최고 직업이었던 임무사 엘리트들의 노력으로 독일의 숲은 경제성뿐 아니라 치수, 농지의 체질 개선 등 큰 결실을 보았다. 하지만 그네들의 숲은 생태학적인 면에서는 그리 바람직한 숲은 아닌 것이다. 즉, 어디까지나 인간 중심적인 숲에 지나지 않는다.

고독한 두 발의 리듬

'소요(逍遙)학파'라 불리는 소크라테스나 아리스토텔레스는 물론 제레미 벤담이나 존 스튜어트 밀, 토머스 홉스, 루소나 키에르케고르 역시 걸으면서 풍요로운 생각을 얻었다고 하였다.

수많은 철학자들은 산책에서의 자유로운 사색으로 삶의 여백과 동력을 만들었다. 보행시인 워드워즈는 야외가 자신의 서재라고도 하였다. 이들은 한결같이 혼자 걷는 길이 상쾌하며, 두 발로 만들어지는 리듬을 즐겼으며, 평화롭고 안락한 감정을 생산한다고 하였다.

자연과 하나 되는 기분을 만끽하려면 혼자 산책해야 한다. 둘이 하면 피크닉이다. 홀로 있다는 것은 어디에도 물들지 않고 순수하며 시공간에 구속받지 않는 자유로움이 있다는 것이다.

"산책은 혼자 하는 것이다."

루소에서 스티븐슨, 소로에 이르기까지 동조하는 말이다.

혼자서 걷는 것은 명상, 자연스러움, 소요의 모색이다.

침묵은 기본적인 바탕이고, 자기만의 고독이 산책의 베이스이다. 자기만의 정체성의 필수이다. 마음 내키는 대로 가다가 멈출 수 있어야 하며, 산책은 감성적이고 사유적인 성격 형성에 도움이 된다. 자연을 느끼는 행복감은 침묵하며 걸을 때만이 즐길 수 있다.

산책은 침묵을 횡단하는 것이며 자연을 음미하고 즐기는 것이다. 걷는 것이 기쁨을 주는 것은 자연과 스스럼없는 관계가 되기 때문이며, 자연을 쫓으며 세상 경험과의 조화를 이루며 생각하기 때문이다.
'이 아름다운 곳에서 이따위 더러운 생각을 하다니……' 잡념의 지배를 받는 산책길은 아무 의미도 없는 작업에 불과하다. 영혼이 맑아야 산책도 즐길 수 있는 것. 자연은 더러운 것을 삼키지 않는다. 나를 삼키도록 맡기려면 겸손하고 작아지고 깨끗해야 하며 자유로운 영혼이라야 한다.

그냥 걷고 싶은 날이 있다. 그럴 때면 목적 없이 그냥 걷는다.
모든 감각기관의 모공을 활짝 열어 주는 능동적 형식의 명상에 빠져들게 한다. 잠시 동안 시간을 그윽하게 즐기게 한다.
온전히 나 자신에게 집중하면 들리지 않는 소리까지 들리며, 보이지 않는 속살까지도 보인다. 스치는 바람의 터치도 새삼스럽고, 이상하리만치 송진 냄새가 강하게 다가온다. 오감이 바쁘다. 행복 불감증을 날려 보낸다.

빈의 서쪽 교외에 넓게 자리 잡은 '하일리겐슈타트의 숲'이라고 불리는 방대한 숲은 너도밤나무, 떡갈나무, 흑송이 잘 어우러져 있어 2005년에 광릉숲과 함께 유네스코가 생물권 보존지역으로 지정한 곳이기도 하다.

이곳에서 매일 아침 베토벤은 비가 억수같이 오는 날에도 우산이나 모자도 안 쓰고 혼자서 산책했다고 하는데(많은 화가들이 이 모습을 그렸다), 이곳에서 그는 숲의 영감을 얻으려 했던 것이다. 루소나 에머슨, 키에르케고르 같은 사람들도 산책길엔 반드시 메모지를 손에 들고 했다는 것도 같은 맥락. 작은 마을 하일리겐슈타트에서 청력의 급격한 쇠퇴에 비관하여 여러 번 유서를 남기기도 하였지만, 위대한 6번 전원교향곡이 이곳에서 탄생한 것은 자연의 生소리는 못 듣지만 바람 소리, 물소리, 나무 소리, 빗소리는 여전히 그의 마음속에서 생생히 들렸기 때문이리라. 그리고 그는 이렇게 덧붙였다.

"이 곡은 전원을 회화적으로 표현한 것이 아니고, 전원에서의 기쁨과 마음 깊은 곳에서 우러나오는 표현이다."라고.

이 숲길의 일화 한 토막.
괴테가 베토벤을 찾아와 같이 산책하는데, 시민들이 하나같이 반갑게 인사를 하는 것을 보고 괴테는 "이곳 사람들은 참 교양이 많구려. 이렇게 예를 표하는 것을 보니!"라고 말했다. 이에 베토벤이 대꾸한다.
"선생님께 인사하는 게 아닙니다. 내게 하는 겁니다!"

비엔나의 중앙묘지의 음악가 묘지에 있는 그의 무덤 앞에 서서 내가 가장 사랑하는 노래 No.9 합창교향곡 제4악장을 들어 본다.
'오! 벗들이어! 더욱 기쁨에 찬 노래를 부르지 않겠는가!
환희여! 아름다운 신들의 찬란함이여!'
본에 있는 그의 생가를 방문했을 때에 만들어진 내 마음속의 베토벤을 안고 그가 거닐었던 그 길을 따라가 보았다.
그는 빈의 남쪽 교외에 있는(빈 시내에서 전차로 약 1시간 거리) 로마시대부터 유명한 온천 휴양지 바덴에서도 휴양을 하였는데, '베토벤의 길(Beethovenweg)'이라고 명명된 이 숲길은 잘 보존되어 있었다. 이곳은 합창교향곡을 작곡한 곳으로도 유명하다. 그가 늘 혼자 산책한 것은 귀가 어두웠기에 자연이 그의 유일한 친구였고 안식의 장이었기 때문이다.

"신이여! 숲 속의 나는 행복합니다!
숲에 있으면 불행한 청각도 더 이상 나를 괴롭히지 못합니다. 한 그루

한 그루의 나무마다 신을 찬미합니다.
말로는 표현할 수 없는 황홀한 순간들입니다!"

그는 음악뿐이 아니라 자연에 대해서도 제자들에게 갈파한 기록이 여기 저기에 남아 있다. '자연이 내게 영감을 주었노라고!'
유황 냄새 그윽한 헤레네 계곡의 베토벤길은 업다운도 있어 숨이 가빠 지는 운동효과도 만점인 길이다.
그는 한 그루의 나무를 사람 이상으로 사랑한다.

"전능하신 주여! 숲에서 나는 행복합니다.
각각의 나무들이 말을 걸어 줍니다.
나는 전원을 사랑합니다.
숲에 있으면 불행한 청각도 나를 괴롭히지 않습니다.
신이여! 이 멋진 길의 정적을 사랑합니다."

음악가로서 치명적인 장애를 스스로 치유하고 사랑을 찬미하는 그의 위 대한 기도가 지금 내 귀를 울린다.

워드워즈의
자연과 산책

숲에서 영감을 얻어 창작 활동을 한 사람을 들라면 끝도 없을 것이다. 내가 그토록 좋아하는 폴 매카트니도 숲 속의 사람이고 아리스토텔레스나 슈베르트, 쇼팽도 마찬가지이다.

그중에서도 윌리엄 워드워즈는 예수나 석가처럼, 그리고 존 레논이 비틀즈를 해체하고 솔로로 나선 것도 30살경인 것처럼 워드워즈도 30살경에 아름다운 호수가 있는 전원마을 글래스미어에 정착하게 되는데, 그의 대표적인 詩들 대부분이 여기에서 쓰였다.

워드워즈는 영국의 낭만파 시인으로 자연 찬미의 낭만적인 시를 다수 남겼다. 자연, 숲은 환경 보전의 역할뿐 아니라 우리들의 정서 함양에도 영향이 큰 곳이다. 그는 "숲과 냇물과 목장 등 모든 주위의 풍광이 나에게 천상의 빛을 안을 수 있게 해 주었다."며 시에서 "영혼 불멸의 소리가 자연으로부터 들린다."라고 하였다. 또 "초록빛 숲 속에서의 감동은 인간이나 도덕적인 선악에 관해서 어떤 현자로부터보다 더 많은 가르침을 받는다. 자연이 주는 제 법칙의 아름다움은 우리들의 지성을 초월하는 것이다."라고도 하였는데, 그 자연의 정기가 고스란히 그의 시에 배어 있다.

그의 아름다운 시들은 그 동네의 아름답고 맑은 숲과 호수와 언덕을 노래한 것이다. 그는 산책하는 도중에 영감을 얻어 그 즉석에서 시를 짓곤 하였다고 한다. 그가 다니던 교회와 늘 다니던 길, 그리고 그가 잠들어 있는 무덤까지 잘 보존되어 있다.

철학자들은 산책을 즐겼다. 수많은 일화들이 이를 입증하고 있는데, 홉스나 아인슈타인도 산책길에서 영감을 받았다고 한다.

루소는 "나는 걸으면서 명상에 잠길 수 있다. 나의 마음은 나의 다리와 함께 작동한다."고 했고, 키에르케고르는 "걸으면서 가장 많은 생각을 하게 됐다."고 고백했으며, 니체는 "심오한 영감, 그 모든 것을 길 위에서 떠올린다."고 했다. 다산 정약용도 유배지 다산초당에서 백련사까지 오솔길을 걸으며 '목민(牧民)'을 생각했다. 이와 같이 산책은 단순한 운동이 아니라 머리와 마음을 일깨워 주는 사색의 한 방법이다.

그중에서도 압권은 칸트의 산책이라고 할 수 있다. 흔히 하이델베르크의 잘 알려진 '철학자의 길'을 산책했다고 하지만, 그것은 잘못된 사실이다. 지금의 러시아의 영토인 칼리닌그라드(칸트의 생존 당시는 독일 땅 쾨니히스베르크였으나 2차 대전 후에 러시아의 땅이 되었다. 생각보다 훨씬 러시아 깊숙이 발트3국 가까이에 자리한 곳)에서 태어나서 일생 단 한 번도 그곳을 벗어난 적이 없이 그곳에 묻힌 칸트는 언제나 일정하게 오후 3시 30분이면 지팡이를 짚고 산책에 나섰다고 하여 '시계추 산책'이라고도 불린다.

그는 산책뿐 아니라 10시에 잠자리에 들어 겨울이나 여름이나 아침 5시면 어김없이 일어나는, 정확하게 규칙적인 생활을 즐겼다.

그가 평생 두 번 산책을 못했다고 하는데 그것은 루소의 에밀에 심취해서였고 또 한 번은 프랑스 대혁명 소식을 듣고서였다. 단조로운 생활 속에서 위대한 철학이 탄생한 것이다.

내가 특별히 칸트를 좋아하는 이유는 그의 철학을 이해해서가 아니다. 당시로서는 용감하게도 왕정에 반하는 거의 완벽한 평화이론을 제시했기 때문이다. "인간은 누구나 존엄한 존재이다."라고 갈파하면서 자유와 인권이란 개념을 정립한 것이다.

150㎝의 작은 키에 50㎏밖에 안 나가는 작은 체구로 평생 독신으로 가난하게 살다간 그의 산책로는 안타깝게도 지금은 찾아볼 수 없다. 그는 철저하게 혼자 산책하였다. 궂은 날씨이면 하인이 멀찌감치 떨어져서 우산을 들고 따랐다고 한다. 지금은 잿빛코트에 지팡이를 짚고 걸어가는 청동 조각상이 남아 있을 뿐이다. 그는 산책이야말로 삶의 영약이라고 생각하였다.

내가 좋아하는 칸트의 명언을 하나 소개한다.

"자유롭고 품위 있는 삶을 가장 방해하는 것은 소유에의 집착이다."

수학에서 나오는 그 유명한 '쾨니히스베르크의 다리 문제'가 바로 칸트가 살았던 이곳의 이야기이다. 그가 날마다 산책하는 이 도시의 프라겔강 위에는 그림과 같은 7개의 다리가 놓여 있었다. 이곳은 학문의 도시인 만큼 2백여 년 전 어느 날, 다음과 같은 문제가 만들어졌다.

"같은 다리를 두 번 이상 건너지 않고 모든 다리를 산책할 수 있는 방법은 없을까?"

이것이 유명한 '쾨니히스베르크 다리 문제'인데, 많은 사람들이 이 문제를 풀려고 노력하였으나 뾰쪽한 답을 찾을 수 없었다고 한다. 많은 사람이 이 문제의 해결에 고민하고 있을 때 천재수학자 오일러는 이 이야기를 듣고 단번에 '답이 없다'는 결론을 내리게 되었는데, 더 자세한 것은 자료를 찾아보시기 바란다.

겨울나무

나무야 나무야 겨울나무야
눈 쌓인 언덕에 외로이 서서
아무도 찾지 않는 추운 겨울을
바람 따라 휘파람만 불고 있구나.

평생을 살아가도 늘 한자리
넓은 세상 얘기도 바람께 듣고
꽃피던 봄여름 생각하면서
나무는 휘파람만 불고 있구나.

내가 학교 선생을 하던 1970년대 초의 6학년 교과서에 나오는 노래인데, 이 노래를 내가 4부합창곡으로 만들어 합창경연대회에 나가느라 수도 없이 부르는 동안에 완전히 나의 노래가 되어 버렸다.
겨울 숲 속의 나무들은 피곤한 모습으로 쉬고 있다. 나는 열심히 일한 후의 피곤과 휴식을 사랑한다. 찾아오는 사람들에게 햇볕을 선사하려고 스스로를 앙상하게 만든 아낌없이 주는 사랑!

모두가 두툼한 옷으로 무장하는 이 추위를 거꾸로 훌훌 벗어 버린 채 이겨 내는 너의 특별한 월동 방법을 난 이해할 수 없지만, 아무도 찾지 않는 지금 이 순간에도 기꺼이 친구가 되어 주는 바람과 산새들은 알고 있겠지. 정적인 상태로 조용하지만 움직임은 여전히 활발하다는 것을…….

한숨 자면 추위도 잊으련만 쉬지 않고 봄을 준비하는 소리가 들린다. 겉으론 서슬 퍼런 추위의 칼에 맞서느라 힘든 것 같지만 안에서는 평화의 콧노래로 봄을 준비한다. 그래서 생명은 추운 데서 온다고 했나 보다. 봄은 겨울을 이기고 돌아온 자의 몫이다. 겨우내 추위에 떨며 움을 틔우기 위해 기다리고 견딘, 어떤 내색도 하지 않고 이겨 낸 세월들.

작고 작은 움이 두꺼운 껍질을 뚫고 나올 때부터 생존은 시작되었다. 오직 충실한 열매를 맺기 위한 집념 하나로.

홀로 서 있는 나무는 고독한 실존의 상황과 인간의 고뇌를 형상화한 것처럼 보인다.

늙은 나무들 아래 혼자 걸어 보련다. 삶을 돌이켜봄도 미래의 기대도 그곳엔 없다. 회한이나 슬픔까지도 잠재우는, 그리고 내가 돌아가야 할 곳도 돌아온 곳도 없는 무념의 길을 혼자 걸어 보련다.

씨앗, 절대계의 시공간

동면 상태의 씨앗은 고요하게 때를 기다린다. 씨앗은 그 자체로 목적이자 완성체이며, 주관적인 시공간 속으로 이동한 하나의 완전한 식물이다.

씨앗 속에는 절대계의 시간과 공간이 압축·저장되어 있다. 그 자체로 완전한 하나의 우주이며 또한 완전한 하나의 나무이다. 고통스러운 물질계의 번뇌도 내려놓은 채 정지된 시간 세계에서 깊은 명상을 즐기며 완전한 때를 기다리며 수천 년까지도 기다릴 줄 안다. 50㎤의 흙 속에는 20,000여 개의 씨앗이 있지만 밖으로 나가는 씨앗은 드물며, 조건이 맞을 때까지 10년 아니 길면 수천 년도 기다린다.

그리고 때가 되면, 마치 바깥세상을 다 보고 있는 듯 발아에 필요한 모든 것을 끌어당기며 무서운 힘으로 장애들을 깨부수며 일어선다. 상상도 못할 파워를 행사하는 모습을 보노라면, 생명의 신비가 고스란히 전달된다.

자신이 나중에 그 아름다운 장미가 되리라고 상상이나 할 수 있을까?

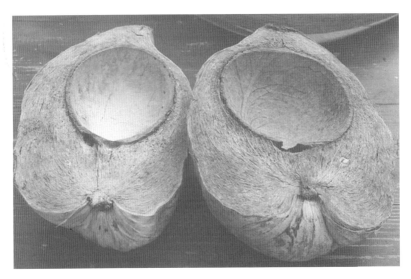

코코넛

◇ Miracle Fruit

이 씨를 먹고 나서 매실이나 레몬 같은 아주 신 것을 먹으면 맛이 변하여 달게 된다. 아무리 신 것이라도 이 씨와 만나면 보통의 단 과자로 변한다. 입에서 기적을 일으킨다 하여 'miracle'이라 하는가 보다. 보통 이열매들은 새나 동물들에게 먹혀서 멀리 퍼지는 것을 원하여 가능하면맛있는 맛으로 진화해 가는 것이다. 그렇다면 이 miracle fruit는 왜 다른 씨앗의 맛을 달게 만드는 성분을 가질 필요가 있었을까?

그것은 자신의 씨앗을 먹으면 다른 씨앗이 더 맛있어진다는 것을 광고하는 것이다. 이것은 인간을 타깃으로 하는 앞선 진화일지도 모른다.

◇ cocode-mer

세계에서 가장 크고 가장 외설스런 씨앗이라고 한다. 세이셸군도의 프랄린 섬에서만 자생하는 희귀한 야자 種으로 언뜻 보기에는 여자의 아랫도리 모양인데, 그곳에는 털도 나 있는게 신기하다. 현지에서 마음대로 주우면 체포되는데, 물론 외설죄는 아니고 절도죄이다.

금강송과 금송

금강송(金剛松)은 우리나라 고유의 소나무로, 주로 울진 등 경북지방에 자생하고 있다. 수피가 붉다고 하여 '적송(赤松)'이라고도 부르는데, 숭례문 재건축 때나 광화문 현판 등에 사용되는 귀한 나무이다. 나무의 자태가 너무나도 곧고 우람하여 우리 민족의 기개를 상징할 만한 소나무이다.

일본이 자랑하는 국보 제1호 반가사유상을 우리나라의 赤松으로 만들었다는 것은 그네들에게는 불편한 진실이다.

일본에서는 '코야마키'라고 불리는 금송(金松)은 '松'자를 쓰긴 했지만 소나무와는 다른 집안의 금송과에 속한다. 무령왕의 관을 이 금송으로 짰다고 하여 유명해졌는데, 본시 일본의 나무이다. 이 金松을 이순신 장군을 모신 현충사 본전 앞에 기념식수 하여 지금도 자라고 있으니, 볼 때마다 마음이 편치 않은 것도 사실이다.

나무 명상

:

나무도 인간 못지않게 진화한 생명체인데, 보통 우리가 생각하는 수준
은 아닐 거라는 생각이다.

- 과연 그네들은 무슨 생각을 하고 있는 것일까?
- 그네들끼리의 의사소통의 방법은 무엇일까?
- 새들과도 분명 소통하고 있는 것 같은데 무슨 방법일까?
- 그들의 사랑은 어떤 형태일까?
- 인간의 착취를 바라보는 심정은?

끝없는 상념에 사로잡혀 물끄러미 나무를 쳐다본다.
아마도 인간의 상상의 한계를 초월한 곳에 답이 있을 것 같기도 하지
만, 수많은 세월이 흐른 다음에 이들 의문을 가까스로 알아낸 인간들은
과연 그 해답들을 어떻게 받아들일까?
누군가가 자연 현상들에 대해 지금 인간이 파악한 것은 불과 2% 정도밖
에 안된다고 하였는데, 그렇다면 나머지 98%는 언제쯤이나 알아낼 수
있을까?

오늘 지금 바라보는 키 작은 참빗살나무의 잎은 바람도 불지 않는데 파르르 떤다. 인간이 응시하면 겁나서 떨고 있는 것처럼 보인다. 궁금증만 증폭시키는 수상한 움직임들이 여기저기서 일어난다. 알고자 하는 나의 희망은 부질없는 짓이 되고 만다.

민병갈 님. 20대에 한국에 오셔서 평생을 들여 천리포 수목원을 만드셨다. 바다, 섬, 모래사장, 산, 숲, 호수, 꽃 등 모든 것을 다 갖춘 아름다운 이곳은 세계에서 가장 아름다운 수목원으로 뽑히기도 하였다. 그는 "나무는 인간 이상으로 존경할 만한 생명체이다. 이 수목원을 나무에게 상속시키라."는 유명한 유언을 남기셨다.

매화

사군자 매난국죽(梅蘭菊竹)의 첫 번째인 것은 고결한 품격의 선비에 비유되는 뜻이고, 세한삼우 송죽매(松竹梅)의 세 번째인 것은 겨울에도 제 모습을 간직한 모습이 의연하다는 뜻일 것이다.

화엄사의 흑매와 선암사의 백매, 오죽헌의 율곡매가 우리나라의 대표적인 매화일 것이다. 우리나라와 중국, 그리고 일본에서 공히 극진한 대접을 받는 대표적인 이야기를 들어 보겠다.

○ 우리나라

퇴계 선생의 마지막 유언은 "저 매화에게 물을 주라."였다고 한다.

설중매(雪中梅) 같은 연인 두향(杜香)으로부터 이별의 정표로 받은 매화 분재를 평생 가까이 두고 사랑했던 것이다. 이루어질 수 없는 사랑을 상징하는 그 두향의 매화는 아직 도산서원에 남아 있고 1,000원짜리 지폐에도 활짝 피어 있다.

도산(陶山)이 달밤에 매화를 읊다.

뜰 한가운데 거니는데 달이 사람을 쫓아오네,

매화 언저리 돌며 걷노니 몇 번이나 돌았을까?

밤 깊을수록 오래 앉아 일어남조차 모른 채 잊었네,

옷깃 흠뻑 꽃향기 배고, 달그림자 몸 가득히 묻었노라.

○ 중국

송대의 은사(隱士) 임포(林浦·Linbu)는 '매처학자(梅妻鶴子)'란 별호가 있을 정도로 매화꽃에 심취해 있었는데, 오늘날에도 그의 정자 앞뜰에는 납매(臘梅)가 만발하다고 한다.

휘황한 달빛 아래 그림자 얼핏 보이더니

어두운 못가에선 매화 향기 흘러나오네.

○ 일본

후쿠오카의 다자이후의 뜰에 있는 비매 시 한 수가 생각난다.

약 1100년 전 스가와라 미치자네가 교토에서 규슈 땅으로 오면서 정원의 비매와의 이별의 정을 나눈 詩가 다자이후 천만궁 앞에 있는 비매(飛梅)의 앞에 쓰여 있다.

東風이 불거든 香내 보내다오 매화꽃이여!

주인을 잃었다고 봄마저 잃을쏜가!

끝으로 송타의 매농곡(梅儂曲)을 소개한다.

매농곡(梅農曲)

- 송타

눈보라 몰아치는 밤에

산속 집에서

한 그루의 매화를 바라보며

웃어 주니

그도 나를 보고 웃는구나.

웃어라

매화가 나요

내가 매화려니 하노라.

아낌없이 주는 나무

2013년에 층층나무와 황다리독나방의 관계에 관하여 모니터링 한 자료를 들춰 보았다.

2013년 4월 30일, 층층나무에 싹이 나기 시작하여 거의 무성하게 잎이 완성될 즈음인 5월 1일에 황다리독나방의 애벌레들이 층층나무의 줄기에 붙어 있던 알에서 깨어나 잎으로 올라와 갉아먹기 시작했다. 그리고 5월 29일에는 층층나무의 모든 잎을 알뜰하게 다 갉아 먹고 6월 14일에는 애벌레가 성충이 되어 온 숲을 가득 메워 마치 함박눈이 날리는 것 같은 장관을 연출하였다.

하지만 다 갉아 먹혀 잎이 흔적도 없이 사라졌던 가지에 6월 30일 경에는 잎들이 다시 나와 아무 일 없었던 듯 무성하게 복구되었다. 정말 이렇게 아낌없이 줄 수가 있는가? 나무가 어렵게 낸 싹을 다 잃어서 죽는 줄로만 알았는데, 태연히 다시금 잎을 내는 모습을 보고 Green Mother의 마음을 읽었다. 층층나무의 잎을 황다리독나방이 말끔히 먹어치우는 것과 같은 예로 가래나무와 밤나무산누에나방의 관계를 들 수 있는데, 이러한 예는 숲에서는 흔한 일이다.

자연은 母性, 神은 父性!

꺼벌레이를 갖으면 EQ가 올라간다?

애벌레들은 거의가 자기가 먹는 수종의 잎이 정해져 있다고 한다. 아무거나 먹는 것이 아니란다. 이 나무는 노거수가 없다. 목격하지는 못했지만 일정 부분 자라다가 갑자기 죽는다고 한다. 급사하는 경우를 더러 보기는 보았는데, 중앙로의 3-4m 크기의 두릅나무는 한여름 8월에 그 싱싱하던 잎들 모두가 하루아침에 시들어 축 늘어지는 모습을 보았다. 왜 급사를 하는 걸까?

생태관찰로의 세 번째 쉼터 옆에는 자그마한 참빗살나무가 12월의 혹한 속에서도 너덜너덜한 잎을 달고 있는데, 잎맥만이 앙상하게 남아 있다. 그것은 노랑털알락나방의 애벌레가 말끔히 먹어치웠기 때문이다. 이러한 예는 가래나무와 참나무산누에나방의 관계에서도 볼 수 있듯 여기저기서 쉽게 발견된다.

층층나무의 줄기의
검은 점 속에
황다리독나방의
알들이 있다.

애벌레들이
잎을 갉아먹고
있다.

마치 죽은
나무처럼
말끔히
잎을
먹어
치웠다.

다시
잎이
활짝
났다.

~ 애벌레비를 잃으면 EQ가 올라간다!? ~

함박꽃나무

내가 수목원에서 가장 좋아하는 꽃이다. 첫눈에 반하였다.

넉넉하게 큰 흰색 옷 입고 다소곳이 고개 숙인 그 우아하며 눈부신 꽃 속으로 벌 한 마리가 들어간다. 수줍음 가득한 속살 안의 아늑한 분위 기는 어떤 모습일까?

갑자기 꽃들의 소곤거림이 들린다. 꿀맛일 것은 틀림없다. 한참 만에 나오는 벌의 표정이 벌겋게 상기되어 있다. 불과 2-3일 만개하고 떨어 져 버리는 낙화의 애잔함을 아는지, 작업을 서둘러 끝내는 모습이다.

02

Green

4월에 내리는 눈

낙엽

4월과 5월

세계에서 가장 비싼 나무

미르메코디아 에키나타

자살하는 나무

두바이와 베네치아

광릉숲 drummer의 눈물

기생의 비밀

붉은색 小考

붉은 장미를 좋아하게 된 사연

프레이저 강의 뗏목

죽은 놀이터에 평화는 없다

세계에서 가장 추한 식물

알렉산더 대왕과 알로에(socotorine aloe)

인간계와 마법계에 군림하는 마초

일본의 숲

Mother

숲 속의 사랑

해설은 장악에서 시작되어 스토리로 전개된다

영어 해설과 일본어 해설

4월에 내리는 눈

2월의 숲에 들어가면 새들도 숨죽이는 적막감이 압도한다.

하지만 그 속에서 나도 숨죽이고 가만히 귀 기울이면, 저 멀리서부터의 함성이 점점 크게 다가온다. 들리지 않는 봄의 함성인 것이다. 그 함성과 함께 나의 봄앓이는 시작된다.

잔설을 뚫고 나오는 복수초를 보면서 가슴이 울렁거리기 시작하여 온갖 향기와 색깔들, 그리고 새싹들, 겨울의 긴 터널을 뚫고 달려온 포근한 바람까지, 그 위에 새들의 애교 넘치는 유혹의 소리, 빗방울의 노래까지 어우러져 나를 아프게 한다. 명예의 전당 뒤에서 홀로 외로이 수줍은 꽃망울을 올리는 매화까지.

그 아픔들이 들킬까 봐 내 안에 나를 꼭꼭 가두어 놓는 봄!

4월에 내리는 눈이 육림호의 자주목련 꽃봉오리를 사정없이 떨어뜨리고는 사라지는 그 심술 가득한 모습에 살바도르 아다모의 〈눈이 내리네〉가 슬픔 가득 안고 흘러내린다. 누구를 왜 그토록 애절하게 기다렸는지? 끝내 오지 않는 임은 나에게 눈물만 남기고, 그 애절한 멜로디는 눈발 속에 흩날리며 사라진다.

낙엽

가만히 낙엽 두 장을 주워 살펴본다. 아직 푸른 기가 채 가시지 않은 원래 모양을 유지한 채 떨어진 것과, 지칠 대로 지친 모습으로 벌레에 먹혀 앙상한 뼈대만 남은 상태의 것.
아낌없이 다 주고 과로로 기진맥진한 상태로 떨어진 후자의 모습을 나는 경외한다.

낙엽에서 무상을 느끼는 것이 아니다.
버릴 건 과감하게 버리고,
새로운 시간에 대한 준비,
다시 찾아올 삶을 슬기롭게 준비하며 기다리는
지혜를 배우는 것이다.
화려한 한 시절을 풍미했던 단풍잎마저,
결국 떨어지고야 마는 그 잎에 대한
나의 마지막 예(禮)를 표한다.
여름내 자신이 그늘을 만들었던 그 자리에 떨어져
서리와 눈으로부터 제 뿌리를 덮어 주고

다음 해 태어날 내일을 위해 사라져 간다.

추운 겨울을 자신의 잎을 떨어뜨려 대지를 감싸 안고 정작 자신은 알몸으로 맞서는 낙엽수야말로 나 같은 힘없는 백성들의 모습 그대로여서 정감이 간다.

유달리 올해는 낙엽 떨어지는 소리가 무겁다.
1년의 역사가 그토록 무거워서였을까?!

4월과 5월

4월은 맑고, 깨끗하고, 요염하고, 향기로운 피부이며,

실로폰 소리를 내며 우리의 감성을 통통 두드리는,

오감의 세포들의 활동이 왕성한 시간이다.

엘리어트는 4월은 잔인한 달

망각의 눈에 쌓인 겨울은 차라리 평화로웠지만

다시 움트고 살아나야 하는 4월은

그래서 잔인하다고 하였지만.

5월은 신이 하늘에서 내려와 사는 달

새가 노래하고 꽃이 피고 잎이 돋는 천상의 달

보이는 것, 듣는 것이 모두 푸른 생명으로 넘친다.

스페인 속담에 '4월과 5월을 내게 주면 나머지 10달 모두 주겠다.'라고
까지 하였다.
봄엔 며느리를 밭에 내보내고 가을엔 딸을 내보낸다는 속담도 있듯이

오뉴월의 햇볕이 구시월보다 1.5배 이상 따갑다는 것은 다 알려져 있어
서인가!

세계에서
가장 비싼 나무

여러 가지 설이 있을 수 있겠으나, 대부분의 학자들이나 식물원에서 추천하는 나무는 Wood's cycad (학명 'Encephalartos woodii')이다. 공식적으로는 영국의 Kew Garden과 남아공의 더번식물원에 각각 하나씩 있는 걸로 알려져 있으며, 보석처럼 귀중하게 여겨지는 나무이다. 이 때문에 한때는 plant-hunter들의 표적이 되기도 하였다. 워싱턴조약에 의하여 보호를 받고 있기는 하지만 여전히 잘 지켜지지 않고 있는 (것도) 현실이다.

오스트리아 사람 P씨는 유명한 PLANT-HUNTER로, 이 나무를 갖고 싶은 열망이 지나쳐 몇 번이고 아프리카에서 갖고 나오려 하다가 발각되어 두 번이나 철창신세를 진 적도 있었다. 그래도 포기하지 않고 찾고 찾다가 드디어 이 나무가 있는 집을 발견하고, 그 집을 아예 사서 그 나무를 갖게 되었다. 지금 그의 집 정원에 이 귀한 나무가 있다는 것은 공개된 극비사항이다.

지금 존재하는 나무들은 모두 수나무 뿐인지라 멸종은 시간문제이다.

미르메코디아 에키나타

수목원의 열대식물원에 있는 미르메코디아 에키나타는 뿌리에 혹을 만들어 개미에게 집으로 제공하고, 개미는 그에 대한 보답으로 그 집에 살면서 자신들이 살 집을 만들어 준 식물에게 영양분을 공급해 주는 공생관계이다. 개미의 배설물을 섭취하여 식물이 살아가는 것이다.

오랜 기간 동안의 진화를 통하여 아름다운 공생관계를 맺는 경우는 또 있다. 제비꽃의 씨에는 좁쌀보다 작은 엘라이오좀(elaiosome)이 붙어 있는데, 거기에는 개미가 좋아하는 귀한 지방 성분이 풍부하게 들어 있어서 개미들은 제비꽃의 씨를 일단 집으로 운반하고는 엘라이오좀을 따서 먹은 후에 씨를 집 밖으로 내버린다. 버린 곳은 모래가 수북이 쌓여 있어서 싹이 트기에 최적의 조건을 갖춘 곳이다. 이렇게 엘라이오좀을 달고 있는 씨는 약 11,000종에 이르고 이것은 전체 속씨식물의 4.5%에 이른다.

이밖에도 버섯과 나무뿌리의 협력관계라든가 콩과식물의 뿌리혹박테리아 같은 공생 내지 상호 협력의 예는 수도 없이 많다.

미르메코디아 에키나타

자살하는 나무

2014년 여름, 수목원의 중앙로 변에 있던 3m정도 키의 두릅나무가 갑자기 아주 갑자기 죽어 버린 사건이 있었다. 자살하는 모습 그대로였다. 사람이 자살하는 이유로는 크게 병이나 생활고 또는 인간관계 등을 들 수 있겠는데, 어느 쪽이든 스스로의 의사로 목숨을 끊는 것이며 그것은 '뇌'가 있기 때문이다.

2008년, 마다가스카르에서 우연히 발견된 거대한 야자나무가 주목을 받고 있는 이유는 이름 그대로 '자살야자나무'이기 때문이다. 영명은 'tahina palm'이다. tahina palm은 갑자기 자살을 결심하는 특별한 성질을 갖고 있는데, 뇌도 갖고 있지 않은 식물의 자살 이유는 무엇일까? 생활고나 삶의 절망 등으로 죽을 리는 없을 것이다.
이 나무는 일단 자살을 결심하면 전력을 모아 꽃을 피우고 種을 남긴 다음 죽어 간다. 자살의 목적은 種을 남기기 위함이다. 관리가 허술한 탓일까, 이제는 마다가스카르에 30여 그루밖에 남아 있지 않다. 이 나무는 오로지 자신들의 사력을 다한 방법만이 있을 뿐, 다른 방법으로는 번식시킬 수 없다고 한다.

~애벌레미를 맞으면 EQ가 올라간다!?~

tahina palm은 오늘날 날로 늘어 가는 인간계의 자살을 보면서 무슨 생각을 할까?

두바이와 베네치아

1980년대 초에 다녔던 두바이를 생각하면 세상에 이런 변화도 있을 수 있구나! 놀라고 또 놀란다.

고층 빌딩 하나 없는 조그만 도시였던 그곳이 수많은 화려한 고층 빌딩 숲으로 변하였고, 많은 인공 섬들을 만들어 지상 최고의 휴양 타운을 만들었다. 인공 눈 위에서 스키를 타며, 실내온도 −6도를 유지하는 얼음카페에서 커피를 마시며 40도가 넘는 창밖의 불타는 사막을 내다보는 그 광경은 현대의 또 하나의 조작된 폭력이다.

가스 배출을 규제한다는 국제협약도 무색하게 이 거대한 도시에서 내뿜는 가스는 상상을 초월하는 양일 것이다.

그 옛날 지중해 연안의 산림을 황폐화시켰던 베네치아 건설에 이은 초대형 환경오염의 주범이 또다시 나타난 것이다.

광릉숲 drummer의 눈물

2015년 봄, 까막딱따구리 한 쌍이 휴게광장의 휴게소 나무 기둥에 세 개의 구멍을 뚫고는 가운데 둥지에만 새끼를 키운다.

딱딱한 나무에 35㎝의 깊은 구멍을 파는 게 얼마나 힘든 일인데, 한 개를 사용하기 위해 굳이 세 개씩이나 팔 필요가 있을까? 아마도 천적인 뱀을 피하기 위해 사람들이 많이 모이는 곳을 택했을 것이고, 위장하기 위한 목적도 있겠지만 비상시의 대피소, 또는 시간 나는 대로 어미새들이 쉬는 곳으로 쓰려고 세 개씩이나 팠을 것이라고 추측된다.

새도 사람처럼 만만치 않은 세상에서 살고 있는 것 같다.

산책을 하는데 갑자기 등 뒤에서 따발총 쏘는 듯한 소리가 들려 돌아보니, 아주 가까운 곳에서 딱따구리가 드럼을 치고 있었다. 지름 8㎝ 정도의 그리 크지 않은 가지를 두드리는데 그렇게 큰 소리가 나다니 믿을 수가 없어 가만히 서서 다음 소리를 기다렸더니, 한참 후에야 온 숲을 호령하는 소리를 다시 내는 것 아닌가? 그 작은 머리로 어떻게 그런 어마어마한 소리를 내도록 두드릴 수 있는 것인지!

하지만 그네들의 표정은 어둡기 짝이 없다. 이미 크낙새를 보낸 지 30여 년, 이제 그네들마저 천연기념물이란 비운의 훈장을 달게 되었으니! 영원히 지구에서 사라져 가야 하는 운명을 아는 듯 보인다.

천연기념물 제242호 까막딱따구리

(사진 제공: 국립수목원 송원혁 숲해설가)

2011년 봄 수목원의 휴게광장의 상수리나무에 둥지를 틀어 네 마리의 새끼를 키웠는데, 두 마리는 둥지 안에서 죽고 다 키운 두 마리도 바닥에 떨어져 죽었다.

망연자실! 눈물짓는 표정을 잘 포착한 걸작.

- 애벌레비를 맞으면 EQ가 올라간다!? -

기생의 비밀

그림은 큰호리병벌집이다.

큰호리병벌은 살아 있는 애벌레 한 마리를 잡아 각각의 구멍에 넣고 알을 한 개씩 낳아 구멍을 봉하고 기생을 유도한다.

하지만 구멍을 봉하기 직전에 왕청벌이 큰호리병벌 몰래 살짝 그 구멍에 알을 낳는다. 기생 위에 기생을 도모하는 것이다. 그러니 나중에 태어나는 것이 큰호리병벌인지 왕청벌인지 알 수가 없다.

이 집은 진흙으로 4-5㎝ 크기로 짓기에 주로 물가에 많이 보인다.
동충하초처럼 식물이 동물에 기생한다거나, 겨우살이처럼 식물이 식물
에 기생하는 것, 뻐꾸기가 붉은머리오목눈이에게 탁란을 한다거나 하
는 신비스러운 생태계의 기생의 비밀을 이해할 길이 없다.

뻐꾸기 탁란의 현장 사진 : 2016년 7월 14일 국립수목원 동물사육사 편지통 안에 있는 둥지를 촬영한 것.
(사진 제공: 국립수목원 이종봉 숲해설가)

딱새의 둥지에 뻐꾸기가 알을 한 개 낳는다. 그 알은
기존의 딱새의 알보다 조금 일찍 부화하여 딱새의 알을
전부 밖으로 밀어내고 혼자서 딱새가 물어다 주는 모이를 독점하여 먹
는 현장의 귀한 사진.
이와같이 탁란하는 종들이 70여종이 넘는다는 사실은 놀랍기만 하다.

8일 후의 광경

(작은 어미 딱새가 자신보다 몇배나 크게 자란 새끼 뻐꾸기에게 모이를 주는 우스꽝스런 모습)

붉은색 小考

매년 10월 20일경 수목원의 중앙로 입구에 들어설 때면, 나도 모르게 탄성이 나온다. 나도 모르게 한 걸음 물러선다. 다가가고 싶은 마음보다 경계하려는 마음이 강한 탓, 그것은 여러 종류의 단풍나무들과 참나무, 가래나무들이 펼치는 붉은색의 향연 때문이다. 온갖 종류의 붉은색들이 기막히게 조화로운 길!

color는 콜로라도(colorado) 강줄기의 그랜드캐년의 붉은색에서 나온 말이며, 인디언 주술의 의미이다. 색중의 색인 붉은색은 인류 최초의 벽화에도 최초의 조각품에도, 역사적으로 권력자들이 사랑한 색이며, 일반 서민은 접근조차 어려웠던 색이 예수의 속죄의 피 이후에야 비로소 우리에게 다가온 것이다.

카르멘이 붉은 꽃을 입에 물고 요염한 자태로 '하바네라'를 부르는 유혹의 색, '빨간 고양이'나 '빨간 머리 앤'처럼 뭔가 개성 강한 부정적인 색. 난 그래서 중앙로의 단풍, 절정의 빨간 색들을 싫어한다.

그것은 생명의 색인 초록색이 하직인사를 하는 마지막 불꽃이라서, 강렬한 유혹의 자극을 견디기 어려워서, 성공만이 제일이라고 외치는 모습이 싫어서, 쓸데없이 긴장감을 유발하는 것이 싫어서, 그리고 그 강

_매벌레미를 맞으면 EQ가 올라간다!? -

렬한 열정을 소화할 수 없어서 내 삶이 송두리째 흔들리는 모습을 보기 싫어서이다.

절정을 10일쯤 벗어나서 조금은 망가진 붉은색을 더 좋아한다. 빛바랜 붉은 색이야말로 엄마의 따뜻한 情을 느끼게 하기 때문이다. 언제나 정상, 절정만을 외치는 우리네 모습에 신물이 난 때문이다.

붉은 장미를
좋아하게 된 사연

1986년 초, 뮌헨에 있는 Wacker Chemical사를 방문하기 며칠 전에 질문이 왔다.

"당신이 좋아하는 꽃이 무엇입니까?"

그리고 연이어 다시 추가 질문이 왔다.

"무슨 색?"

난 그저 별 생각 없이 로마시대부터 시대를 통틀어 전 세계인으로부터 사랑받아 온 붉은 장미라고 대답하였다.

나의 상대역인 바카 케미의 m과장은 초행길의 뮌헨인지라 약간 긴장하고 있는 나를 너무나도 편하게 만들어 주었고, 저녁 식사에까지 초대해 주었다. 식사에 그는 터키계인 자기 아내와 둘이 나와서 나의 맞은편에 아내를 앉히고 편하게 대화하도록 무척이나 애를 썼다. 그런데 테이블 한가운데에는 붉은 장미가 예쁘게 장식되어 있었다.

'아! 그랬구나!'

그 장미의 그윽한 향기는 수십 년이 지난 지금껏 조금도 색 바래지 않은 채 나를 행복하게 감싸고 있다.

붉은색 장미라……. 훗날 무무(木木)의 〈당신에겐 그런 사람이 있나요?〉에 나오는 붉은 장미에 얽힌 이야기에서 그것은 '사랑'이라는 것도 알았다.

프레이저 강의
뗏목

밴쿠버에서 1번 고속도로를 따라 코퀴틀람을 지나면 프레이저 강이 나오는데, 다리 밑에는 언제나 그 넓은 강을 가득 채우며 떠내려 오는 뗏목들이 눈에 들어온다.

밴쿠버를 기점으로 동부의 끝까지 이어지는 1번 고속도로는 언제나 목재를 가득 실은 큰 트럭들이 꼬리에 꼬리를 물고 길을 메우고 있고, 대륙 횡단철도 위에는 기차들이 끝도 없이 목재를 나른다.

잠시도 쉬지 않고 숲은 저렇게 망가져 가고 있는 것이다.

죽은 놀이터에
평화는 없다

수목원의 교사들이 이곳을 방문하는 학생들과 같이 숲 놀이를 하는 광경을 매일 목도한다. 내가 보는 초점은 학생들의 표정이다. 아이들이 그렇게 좋아하며 웃는 소리를 들으면 마치 새들의 노랫소리 같이 느껴져 기분이 좋아진다.

호모 루덴스. '놀이하는 인간'이라는 뜻으로 네덜란드 사회학자인 요한 하이징아(Johsn Huizinga)가 그의 저서 〈호모 루덴스〉를 통해 소개한 인간형이다. 대부분 놀이를 문화의 한 부분이라고 보지만, 하이징아는 반대로 놀이에서 모든 문화가 시작되었다고 말한다. 놀이를 통해 인간은 규칙성을 익히고, 성취감을 느끼며 문제해결력과 집중력을 얻을 수 있으며, 또 여럿이서 놀이를 하다 보면 자연스럽게 세상과 소통하는 법을 깨닫게 된다는 것이다.

대전에 있는 둔전초등학교에서는 정규수업 시간 일부를 놀이교육 시간으로 정하여 딱지치기나 술래잡기 같은 놀이를 한 결과 기대 이상의 성과를 거두고 있으며, 서울수서초등학교에서도 놀이교육을 실시한 결과 놀라운 성과를 거두고 있다고 발표하였다. 아이들의 전반적인 창의력

의 향상, 배려심 등의 고취는 물론 놀이를 통해 자기 삶과 행동의 주인
으로 거듭난다고 한다.

아이들의 속박을 풀고 자유롭게 놓아주어야 한다. 그러나 당연히 시끄
러워야 할 잘 꾸며진 그 많은 놀이터에 주인공들이 없어 침묵만 흐르고
긴장만 가득한 것이 현실이다.

니체를 비롯한 많은 사람들이 아이처럼 살라고 조언한다. 아이들의 삶
이란 매순간 재미있는 놀이에 빠져 있는 것을 뜻하며, 아이의 정신은
인생을 유희하듯 재미있게 살아가는 정신을 말한다.

알파고의 시대에는 상상력과 감성이 더더욱 중요하게 된다는데, 그것
은 놀이를 통해서만 풍성하게 된다는 사실을 되새겨 보아야 할 때이다.

세계에서
가장 추한 식물

영국의 왕립원예협회가 실시한 '세계에서 가장 추한 식물' 뽑기 대회에서 타의 추종을 불허하는 역겨운 냄새와 기묘한 모양의 꽃으로 우승한 titan arum은 인도네시아의 수마트라 섬의 정글에 서식한다.

흙 속에 묻혀 있던 크나큰 싹이 1년에 잎을 한 장만 싹 틔워서 광합성을 통하여 에너지를 축적한 후 말라 죽는다. 그러기를 7년이나 반복하다가 때가 되면 축적한 모든 에너지를 동원하여 힘차게 중력을 누르며 3m나 되는 거대한 모습으로 뚫고 나오는 모습이 경이롭다. 무게가 무려 100kg이 넘는 것도 있다고 한다. 이처럼 남자다운 모습(?)은 세상 어디에도 없다.

모습도 특이하지만 꽃이 만개하면 썩은 치즈와 구토한 음식 냄새를 합해 놓은 듯, 그 고약한 냄새 또한 그 어디에서도 찾아볼 수 없다. 스타펠리아의 꽃에서도 악취가 나지만 감히 비할 바가 못 된다. 파리들이 기꺼이 수분을 담당한다.

그리고 인간들도 자기들의 생식기를 닮은 이 꽃이 피었다는 소식이 전해지면 파리 떼처럼 몰려든다.

꽃이라 해서 다 향기가 나는 것은 아니다.
이 stapelia ledinini도 지독한 악취를 풍기어 나비나 벌은 근처에도 안 온다.

알렉산더 대왕과
알로에(socotorine aloe)

대왕이 교통도 불편한 작은 예멘 앞바다의 (오늘날 해적 출몰지로도 잘 알려진) 소코트라 섬을 굳이 일부러 점령한 것은 알로에 때문이었다. 점령 후 원주민을 몰아내고 그리스인을 시켜 알로에를 재배하게 하였다. 이유는 그의 가정교사를 담당하였던 아리스토텔레스가 알로에야말로 부국강병을 위해 첫 번째로 중요한 것이라고 진언하였기 때문이다.

대왕은 출정할 때마다 다량의 알로에를 지참하였는데, 그것은 알로에가 의사가 필요 없는 만병통치약이었기 때문이다. 지금에야 화상을 입었다 해서 알로에를 바르는 사람은 없지만, 그 명약을 2천 수백 년 전에 섬에서 확보했을 때의 기쁨은 가히 짐작이 가는 바이다.

소코트라 섬은 며칠을 굶고 보아도 여전히 그 아름다움에 취한다는 사막의 장미(desert rose)로도 유명하다.

인간계와 마법계에
군림하는 마초(魔草)

사해 부근에서 밤에 붉게 빛을 발하는 식물이 있었는데, 사람이 접근하면 숨어 버려서 접근이 어려웠다.

그 식물에 오줌이나 월경혈을 뿌리면 점잖아진다고 하였는데, 어쨌든 뿌리째 뽑는 것은 위험하였다.

위의 글은 1세기경에 기록된 것인데, 인간계와 마법계 어느 쪽이나 신비성과 환각성으로 압도적인 지위를 누리고 있는 그 식물은 'mandrake'.

뿌리는 인간을 닮은 놀라운 약효를 지닌 것으로, 수확을 하려고 지면으로부터 뽑으려 들면 이 세상물건이 아닌 듯 비명을 지르며, 그 비명을 들은 사람은 죽는다는 이야기 때문에 뽑을 때에는 줄로 뿌리를 묶어 개가 당기게 하였다고 한다.

중세 때부터 유럽에서는 공포와 존경의 대상이었고, 이 mandrake는 마녀 수호를 한다고 하여 때로는 많은 처녀들이 mandrake 보호 의식 때 희생되기까지 하였다. 이 마초는 지금까지도 존재한다.

일본의 숲

1975년 3월, 일본 외무성 초청으로 한 달간 일본을 처음 방문했을 때 놀란 것은 두 가지.

하나는 거의 모든 가계들의 출입문이 자동문이라는 것.

또 하나는 숲이 울창하다는 사실.

1950-1960년대의 한국의 산은 민둥산이었다. 내가 어릴 적에 산을 그리라 하면 초록색이 아닌 누런 황토색으로 그렸을 정도!

그 이유를 물으면, 대부분이 전쟁과 땔감 때문이라고 답한다. 그러나 이것들은 부수적인 요인에 불과하다. 주된 이유를 정확히 답하는 사람은 아주 드물다. 일제가 강점 35년 동안 전 국토의 나무의 70%를 잘라버렸다는 놀라운 사실! 이것이 바로 주된 이유다.

이런 착취의 역사를 동남아시아 손님들에게 소개하면 "우리는 일본 사람들이 2차 세계대전 중 불과 3-4년 지배하는 사이에 엄청난 벌목을 자행하였다."면서 분개한다.

언젠가 유네스코 교환단의 일원으로 수목원을 방문한 일본의 중·고등학교 교사 30여 명에게 해설한 적이 있는데, 이런 사실을 여과 없이 그

대로 얘기해 주었더니, 열심히 메모하면서 "새로운 사실을 알게 되었다."는 인사를 들었다.

닛코의 울창한 일본의 숲을 바라보는 나의 마음이 편할 리가 없다.

Mother

난 숲을 'Green Mother'라고 부르고 대자연을 'Mother Nature'라고 부르는 것을 좋아한다.

인간이 어머니의 젖가슴을 너무 일찍 떠나 너무 일찍 문명이라는 이유식을 먹는 바람에 온갖 문제가 생겨난 것이 아닐까?

우리는 문명의 대립어를 '원시' 또는 '야만'이라고 하는데, 문명을 한 꺼풀만 벗겨 보면 원시라는 것을 금방 알 수 있다.

Mother!

위대한 함축이다.

숲 속의 사랑

베토벤이 줄리에타에게 바치는 노래, 피아노 소나타 14번이 잔잔히 흐르는 영화 〈불멸의 연인〉에서의 숲 속에서의 사랑은 내게는 불멸의 장면으로 남아 있다. 루체른 호수 위에 너울거리는 달빛처럼 아름답다고 하여 '월광(月光)'곡이라 이름 붙여졌다.

모차르트의 피아노 협주곡 21번은 영화 〈엘비라 마디간〉에서 영상과 완벽한 결합을 이루어 숲 속의 사랑을 완성한다.

어쩌면 그토록 비극적 종착역을 향해 가는 운명을 완벽한 소리로 표현해 낼 수 있을까!

아름다운 선율은 숲 속에서 더욱 빛이 난다. 고독했던 슈베르트가 그렇고, 희로애락 가득했던 차이콥스키도 그렇다.

24살 차이의 하이든과 모차르트의 우정도 숲 속에서 익어 간다.

숲 속의 사랑이야말로 예술의 베이스이다.

불멸의 연인

엘비라 마디간

내가 정의하는 해설의 의미는 "손님들의 즐거운 마음에 예상 외의 즐거움을 더해 주는 것"이다.

해설은 스토리의 구성이다. 현대는 스토리의 시대이다. 인상적인 스토리가 스타벅스를 만들었고 애플을 만들었다. fact를 인상적인 스토리로 이끌어 내야 해설다운 해설이 된다.

정해진 시간 안에서는 내가 왕이다. 하지만 손님들의 시선은 그리 녹녹치 않다.

'노인이 뭘 안다고! 뭐 별거 있겠나! 시간 낭비 아닐까?'

복잡한 속생각들이 눈빛으로 흘러나온다.

어떻게 이 흐트러져 있는 시선들을 한곳으로 장악할 수 있을까? 질서와 시선의 장악의 성패, 즉 해설의 성패는 처음 몇 순간에 정해진다. 정해진 시간에 즐거운 쇼를 감상하도록 하는 것이 임무이다.

나는 여기서 숲해설의 의미 같은 본론을 언급하고 싶지 않다. 다만 나름의 장악 기술을 기술하고 싶다.

- 세계 제1을 좋아한다.

왜 광릉숲이 1등 숲인가를 설명하면 눈빛이 조금은 달라진다. 생각보다 좋은 곳에 왔다고 안도하며 기분이 좋아진다. 편의시설이 적어도 양해가 된다. 최고의 유산을 즐길 수 있다는 기대감도 달라진다.

- 최고의 명품을 좋아한다.

"수목원이 자랑하는 최고의 명품 해설을 들으실 것이다."라고 하면 매우 좋아하며 반응이 뜨겁다. '아! 오늘 운이 좋구나! 한번 들어 보자.' 대부분은 그렇게 생각한다. 하지만 지적 수준이 아주 높은 집단은 여전히 싸늘하다. 그럴 경우 할 수 없이 영어와 일본어를 섞어서 시작하면 '어! 노인이 대단하네!' 하면서 시선을 주기 시작한다.

사실 이 말은 좀 낯간지럽지만 나 스스로를 집중시키는 큰 효과도 있다. 나에게 아첨하고 최면을 걸라. 나의 잠재력에 불을 붙일 것이다. 따지고 보면 자기소개의 시간은 매우 중요한 기회이다. 이때 재미있는 특기, 별명, 또는 취미를 소개하면 더욱 좋을 것이다. 소풍 나온 사람들이 대상이란 것을 꼭 명심해야 한다. 어떤 손님은 "안 들으려 했는데 명품이란 말에 끌렸다. 얼마나 자신이 있으면..." 라고도 했다.

- VIP와 세 번의 칭찬

어린아이가 보이면 "VIP 손님이 오셨네요!" 하면 손님들이 모두 두리번거린다. 그리고는 한참 뜸들이다가, 어린아이에게 다가가서 "저에게는 이렇게 어린 손님이 VIP랍니다. 정말 똑똑하게 생겼네요!"라고 말하는 것이다.

- 피드백(feed back)

피드백을 꼭 챙기고 반영한다.

- 한 시간의 원칙

파리의 센 강 유람선의 시간을 정할 때 논란 끝에 60분으로 정한 이유 중 가장 큰 이유는 60분이 여러 가지 한계점이라는 것. 해설도 길다고 해서 무조건 좋은 것은 아니다.

- 지금의 즐거움을 두 배로 늘려 드리겠습니다.

소풍 나온 손님들은 이미 기분이 좋은 상태이므로 더 좋게 만드는 것은 그리 어려운 일이 아니다. 이때 기대감을 촉발시킨다. 즐거움은 해설의 베이스가 되어야 하는 최고의 가치이기 때문이다. 숲을 즐기는 것이 최고의 즐거움이란 것을 체험시킨다.

- 즐거움의 장애를 제거시킨다.

아이들에게 공부시키려는 부모들에게 부차드가든의 예를 들며, "아이들도 스트레스가 많은데 지금부터 한 시간은 숲을 즐기며 힐링하는 시간으로 만들어 주시라."고 말한다.
어른들에게도 "지식은 다 내려놓으시고 심장(느낌)만 갖고 떠납니다. 이토록 놀라운 장소(Amazing Place)는 느낌으로만 감상이 가능합니다."라고 말한다.

- 마이크 볼륨을 낮게

처음 만나서는 겨우 들을 수 있을 정도의 볼륨으로 시작한다. 처음부터 크게 틀면 '나 해설 못한다'고 광고하는 격이다.

어떤 해설가는 해설하고 돌아와서 '손님들이 너무 잘 들어서 좋았다.'라고 얘기하는데, 그 말은 즉 자기가 해설을 아주 잘했다는 것을 자랑하는 말이다.

목소리(Voice)를 어떻게 사용해야 하느냐도 중요한 과제이다. 마이크를 통해 나가는 자기 목소리를 한 번쯤 들어 볼 필요가 있다. 때로는 가성을, 때로는 작게 등등.

• 이동 중에 말하지 않는다.

나의 해설은 주옥같아서 이동 중에 중언부언 말하지 않는다. 완전히 시선을 모은 다음에야 한다.

• 폭소의 중요성

나름 방법을 동원하여 처음 만나서 폭소를 자아내게 만들면, 그 해설은 보나마나 대성공을 거둘 것이다.

"너무 얼굴들이 잘생겨서 화려해서 시선을 어디다 주어야 모르겠다."

"두 가지 해설 버전을 준비하였다. 하나는 지식적으로 깊이 있는 것, 다른 하나는 재미있는 힐링을 위한 것, 어느 쪽을 원하는가?"

이때 100% 후자라고 대답하면, "저는 처음부터 전자는 준비하지 않았다."라고 하면 대부분 폭소한다.

어떤 질문을 했는데 대답이 잘 안 나오면, "이렇게 대답을 못하시면 (잠깐 뜸을 들이고) 제가 해설하기 너무 편합니다. 감사합니다." 그리고 대답을 잘하면 "이렇게 대답을 잘하면 제가 해설하기 매우 어렵습니다."라고 말한다.

만일 웃겨도 웃지 않는다면, 해설을 짧게 해야 한다.

• 처음에 기선 제압하기

처음 몇 꼭지는 제일 자신 있는 토픽으로 기선을 제압해야 한다.

• 어디서 왔나?

어디가 되었든

"아름다운 곳입니다." 같이 좋은 곳이라고 칭찬해야 한다.

• Up and Down이론

숲이 제일 좋아하는 노래를 내가 부르면 2절은 저절로 합창하게 되는데, 이 순간이 절정이다. Let it be!

그리고는 차분하게 분위기를 조용하게 정리한다.

• 퀴즈의 활용

즐거운 퀴즈! 수목원에는 일 년에 네 번의 비가 내린다. 4월엔 꽃비, 9월엔 도토리비, 11월엔 낙엽비, 그렇다면 5월엔 무슨 비가 내릴까?

맞춘 분에게 "이 대답을 맞추신 분은 처음이다. 대단하다."라든가, "미인이 머리까지 좋으면?" 등등 재미있는 장면을 연출할 수 있다.

• 시선 활용

한국 사람들이 외국에서 실수하는 것 중의 하나가 시선 관리에 서투르다는 것이다. 사람을 쳐다보는 행위가 문제되는 것이다.

하지만 해설할 때 이 시선을 잘 활용하면 큰 효과를 볼 수 있다. 손님 한 사람 한 사람과 눈을 마주쳐 가면서 이야기한다면 쉽게 친근해질 수 있다.

- 침묵의 활용

중요한 말을 강조하기 위해서는 짧은 침묵이 아주 좋은 효과를 보게 한다.

- 리액션(Reaction)

손님들의 패션이나 말에 과하다 싶을 정도의 반응을 보일 필요가 있다.

- 존중하는 마음

'월급을 주시는 분들'이란 생각으로 정중히 최선을 다하는 자세가 필요하다.

- 실제 큰 소리로 미리 연습해야 한다.

손님들의 귀가 얼마나 고급인가?

단어의 선택에서부터 유머의 사용, 억양, 표정 등등 하나하나가 모두 연습해야 할 요소이다.

- 시대가 변했다!

이제 지식은 지천에 깔려 있는 시대가 되었다.

이제 '뭔가 알려 주려고'가 아닌, '뭔가 느끼게 하려고'가 되어야 할 것이다.

- 특정인이나 특정 지역의 실명은 가급적 거론하지 않는다.

손님들 중 호불호가 있게 마련이기 때문이다.

- 국립수목원 홍보

(애사심의 발로로 이렇게도 얘기해 보고 싶다.)

"전에 다녀가신 분 있으십니까? 네! 어떠셨어요? 많이 변했지요? 숲은 변하지 않는 것 같아도 가꾸기에 따라서 확 변할 수 있는 곳입니다. 최근 한 2년간 너무도 아름답게 변신하여서 손님들이 즐거워하고 방문객도 늘어납니다."

또는 "여기를 방문하는 외국인들은 대부분 교수들이나 국제회의 참석한 전문가들인데, 국내 유일의 국립수목원임에 비하여 임팩트 있는 어트랙션이 부족한 감이 있어서 아쉽습니다. 이 훌륭한 유산에 조금만 투자하면 대한민국의 랜드마크로 손색이 없을 뿐만이 아니라 세계적인 명소로도 발돋움할 것입니다."

이밖에도 "산림녹화를 위해 산림청이 너무도 애썼다." 등등.

- 우리나라의 자랑과 별명 세 가지

우리나라를 일컫는 다른 말들을 꼽자면 '금수강산', '백의민족', '동방예의지국'의 세 가지이고, 수만 번 침략당하고서도 단 한 번도 침략해 본 적이 없다는 점과 무역 10대국 중 제국주의로 약탈하지 않고 순수한 땀으로만 성취한 유일한 나라라는 점을 자랑거리로 들 수 있다.

- 깨끗한 공원

세계 공원 중 가장 깨끗한 공원이다. 이는 민도, 즉 문화 수준을 반영하는 것이다.

• 안전한 관람
저기 숲 속에 10,000원 지폐가 보여도 주우러 들어가서는 안 된다. 뱀과 벌 주의!

고흐의 〈오베르의 교회(The Church in Aubers)〉인데, 이 그림의 모델은 아래 그림이다. 해설도 이와 같은 fact의 예술적이고 개성적인 변신이 아닐까?

영 어 해 설 과
일 본 어 해 설

외국인들이 어디에 관심이 있을까? 수목원을 관광 목적으로 오는 사람
은 아직은 드물고, 대부분은 학생이거나 학자들 그리고 공무원들이며,
다들 방문 목적이 뚜렷하여 알아보고 싶은 것들이 있게 마련이다. 여기
에 하나의 예를 들어 참고가 되기를 바란다.

2013년 여름에 핀란드 손님들 30명이 온다고 하여서 10여 일을 준비하
였다. 물론 그네들이 어디에 관심이 있는지는 모르는 상황에서.

그래서 준비의 방향을 이렇게 잡았다.

▷ 한국 산림의 소개

　산림녹화의 성공 신화

　수목원의 발전 역사

　한국 산림의 특징

▷ 한국 산림 문화 소개

　당산목의 의미와 느티나무

　나무가 건축의 중심 문화의 중심

~어멀레비를 맞으면 EQ가 올라간다!?~

▷ 한국의 독특한 문화

▷ 한국의 특징

▷ 한국의 정원

▷ 국립수목원 숲의 특징

▷ 핀란드에 관하여 (해설의 조미료)

　핀란드의 나무 / 제1 청렴도 / 사우나 / 독일가문비나무 / 오로라 /
　백야 / 산타 / 아이스하키(스웨덴과 경기) / 인기배우 / 스포츠 스타 /
　역사

▷ 기타

　K-Pop / 강남스타일 / Let it be / Amazing Grace

사실 영어가 국어인 나라의 손님들에게는 나의 영어가 매우 불편할 것
이라는 예상 아래 30분 정도 해설하고 30분 정도 자유 시간을 갖고 해
설 중에도 조미료로 핀란드 이야기를 질문하거나 대화를 한다. 약 3시
간의 장시간 해설이 지루하지 않도록 이끌기 위해서는 철저한 준비가
필요하다.

처음 인사를 나눌 때, 그들의 특별한 관심 분야를 물어보는 것은 너무
나 당연한 순서. 아시아·아프리카 손님들일 경우에는 그네들의 영어
나 나의 영어나 수준이 비슷하기 때문에 약간 마음이 편한 것은 사실이
지만, 준비만큼은 며칠에 걸쳐서 철저하게 하는 것은 필수이다. 처음
만나서 인사를 나눌 때에 폭소를 자아내는 뭔가를 보여 주면 장악에 절
대적으로 도움이 된다. 내가 주로 쓰는 하나의 방법을 예로 들어 설명
해 보겠다.

만일 미얀마 손님이라면 "쉐다곤 파고다를 100번도 더 여행했다!"라고 인사를 하면 "really?" 하며 눈이 똥그래지며 놀라는데, 여기에서 내가 "through TV"라고 하면 대부분 폭소를 자아내며 분위기가 한층 부드러워진다. 대부분의 외국 손님들은 한국의 나무 하나하나의 구체적인 생태적인 면에는 별로 관심이 없다는 것은 확실하다. 다만 세계 거의 모든 도시를 거의 두 차례 이상 다녀 본 나의 경험이 대화를 부드럽게 하는 조미료이다.

언젠가 영어유치원의 아이들을 해설하는데, 10여 분 지난 후에 어떤 아이가 "선생님 발음이 왜 그래요?" 그 이후로는 그네들은 다시는 해설 신청을 하지 않았다. 발음이 나빠서 3년간 피나는 교정 노력을 하였지만 여전히 문제투성이기는 마찬가지이다.

한국에 온 기념으로 한국어가 프린트된 티셔츠를 사려해도 없다? 간판들, 자동차 이름, 아이돌 그룹 이름 등등 정체성 없는 세계화가 끝도 없이 진행 중인데, 외국어는 모국어가 있어야 존재하는 것 아닌가? 나의 부족한 영어 발음을 내가 왜 부끄러워야 하나? 사실 영어는 미국, 영국, 인도, 필리핀, 남아공, 호주, 뉴질랜드 등 나라마다 다른 발음을 사용하고 있기에 코리안 스타일이라서 이상할 것도 없다. 일본 사람들의 영어 발음을 생각해 보면 더더욱 그렇다.

생각해 보면 영어는 평생의 과제였다. 20대부터 사용해 왔으니 40년은 사용한 것임에도 초보를 면치 못하는 것은 머리가 나빠서라기보다는 영어가 어려운 학문이라고 해야 할 것이다.

내게는 난공불락의 성이다.

일본 손님들은 대부분이 워낙 집중하여 들으며 메모를 잘하기 때문에 오히려 부담이 될 정도이다. 나의 일본어 실력은 원어민과 거의 동일하므로 언어적인 부담은 없고, 100여 차례의 일본 방문의 경험이 많은 도움이 되는 것도 사실이다. 전문적인 질문이 많아서 사전(한국어 · 학명 · 영어 · 일본어로 된 내가 만든 사전)과 관련 책을 지참하면서 설명한다.

국립수목원에서 5년간의 외국어 해설을 통하여 대체적인 해설 방향은 파악되었지만, 영어 실력만큼은 생각처럼 향상되는 것이 아니다. 하지만 내가 장기간 미국에서 살았다고 해도 여전히 나의 발음과 듣기에 문제가 있으므로 또박또박 얘기하여 100% 소통하는 것이 중요하다.

또한 잘못 알아들었을 경우엔 몇 번이고 'pardon(상대방의 말을 알아듣지 못했을 때 다시 말해 달라는 뜻으로 하는 말)'을 되풀이하여 정확한 대답을 해주는 것이 중요하다. 영어가 어렵다는 것은 세상이 다 아는 것이므로 어느 정도는 양해가 되는 사항이다.

2016년 5월, 20여 개국의 주한외교사절에게 해설하는 필자

03

신념의 아름다움

혼자인 나

가을병

가을

일희일비

경제와 정치를 떠나며

새장을 탈출하여 숲으로 들어갔다

합창교향곡 제4악장

음악영화 베스트 목록

화내는 것은 천박한 짓이다

늙는다는 것

여행은 마상청앵도

천국에서의 외출

잠재의식과 능력

침묵

나는 묵자가 될 수 없다

혼자인 나

난 늘 남의 눈치를 보는 데 익숙해져 있다. 소심해서일까?

그래서 어려서부터 혼자 있는 것이 좋았다. 여러 차례 해외 출장 시에도 누군가 같이 가는 것이 싫어서 이 핑계 저 핑계 대고 혼자 가기 일쑤였다. 그래서 10여 년의 아메리카 생활도 불편 속에서도 나름 좋았다. 밥도 혼자 먹고 길도 혼자 걸었다.

2002년 겨울 PC방에 몇 개월 있었을 때에는 서영은의 '혼자가 아닌 나'를 천 번도 넘게 흥얼거렸다. 역설인가!? 영등포기원에도 늘 혼자 가서 모르는 사람들과 마작을 즐겼다.

좋아하는 영화도 늘 혼자 본다. 특히 사람들은 영화를 혼자 본다면 이상한 눈초리를 보낸다. 그 누구도 나의 이 호사를 감히 평가할 수는 없는데도. 미술관엔 혼자 가면서 왜 영화는 혼자 보는 것이 이상한 것일까? 내가 보는 영화는 취향이 까다로워서 일반 극장에서는 상영하지 않는 특별한 것이 대부분이라서 더더군다나 같이 갈 사람도 없다.

사람들이 날 보고 '너무나 세련된 사교인'이라고들 하지만, 결국 난 혼자가 편한 사람이다. 혼자서 노래 들으며 드럼을 치는 것이 너무나도 즐겁다. 카지노에도 혼자 간다. 사람들이 이런 날 보고 노름꾼이라고

하든 말든 난 블랙잭(Blackjack) 확률 게임(Game)을 나름 즐기면 그만
이다.

난 늘 혼자 산책한다. 나의 산책길의 나무들은 늘 혼자인 나를 어떻게 볼
것인가! 난 혼자서 노래를 부르며 시를 읊조리며 숲길을 걷는다. 대부분
은 멍하니 아무 생각 없이 걷지만……. 평생 혼자 여행한 덕분에 난 늘
나 자신을 돌아볼 기회가 있었고, 그래서 조금씩 변화할 수 있었다.

덕분에 누구도 넘볼 수 없는 나만의 방을 만들고 그곳에서 나 홀로 지
내는 게 익숙해져 갔던 것이다. 혼자만의 시간을 즐겁게 버텨 내는 과
정 없이는 성숙할 수가 없고 고독이야말로 삶의 당도를 높이는 기본 요
소이다. 고독은 행복한 침묵이며 낙오나 실패와는 거리가 멀다. 고독은
혼자 즐기는 여백의 풍요로움이며 진정한 나의 아름다움을 발견하는 시
간이다.

고독은 神으로 통하는 길이며 나의 철학을 정리하는 순간이다. '나는 혼
자다'를 찬미하는 차이콥스키의 비창은 나를 완전한 홀로인 상태로 이
끌어 마침내 자유롭게 만든다.

2015년 7월, 7일간 전라남도 구석구석 여행을 혼자 하는데 사람들이 '무
슨 재미로 혼자 여행하나!'라며 이상한 눈초리를 보내왔다. 그럼에도 나
는 숲길을 언제나 혼자 거닌다.

쉬고 싶을 때 쉬고, 가고 싶을 때 가고, 빨리도 가고 느리게도 가고, 이
쪽으로도 가고 저쪽으로도 가 본다. 멍하니 넋을 놓고 바라보기도 한
다. 혼자만의 특권이다.

이상하리만치 그 많은 새들도 내가 지날 때면 조용해지고, 바람소리도
잦아진다. 마치 혼자인 내가 계속 멍하니 걷도록 도와주려고 애쓰는 모

습들이다. 난 숲길이 좋다. 이유는 그네들은 눈치를 주지 않기에.

사실 따지고 보면 지구도 혼자고 달도 혼자이다. 혼자 왔다가 혼자 쓸쓸히 가는 동물이다. 나이가 들면서 그 나마의 주위 사람들이 하나둘 떠나고 점점 고립되어가는 것을 실감한다. 이제야말로 혼자 사는 법을 터득한 내가 편한 세상이 되어 가는가 보다.

퀘이커 교회의 침묵의 예배를 사랑한다. 침묵이야말로 영성의 눈을 뜨게 하여 나의 속으로 들어가게 만든다.

가을병

쾌락적인 사람은 봄을 좋아하고 애잔한 사람은 가을을 좋아한다고 누가 말했나? 날로 앙상해져 가는 가지만이 빈 허공을 지키며 죽음을 생각해야 하는 인생의 애잔함!

가을병에는 브람스가 특효약이라고? 독일의 3B 중의 한 사람인 그의 묵직한 4번 심포니는 나의 사색이 무겁게 내려앉는 새벽안개 같이 오히려 가을병을 깊게만 한다. 울리지도 않는 휴대폰을 만지작거리며 하늘을 바라본다. 하늘은 가을 낙엽 바이러스에 감염된 애잔한 푸른 바다이다. 가을 하늘이 유난히 맑고 높은 것은 그 많은 슬픔을 품고 있기 때문이고, 복자기나무의 불타는 열정은 비극미의 마지막 잔치이다.

싯다르타는 "사랑하는 사람은 못 만나서 아프고 미운 사람은 만나서 아프다. 그래서 사랑하는 사람과 미운 사람을 만들지 말라."고 하였지만 인간 세상에 사랑과 미움이 없다면? 사랑과 미움을 넘어선다면 이미 인간이 아닐 것이다.

이 가을에 사랑하는 사람을 그리고 있는 그 행복, 노랗게 물들며 맛있는 향기를 발하는 계수나무 옆에 서서 가을의 향기를 한껏 즐긴다.

귀뚜라미소리가 차츰 커져 온다. 순서에 따라 등장하는 소리들, 피곤에 지친 풀들이 그 아리아를 경청한다. 그 울음소리는 소리정원의 시냇물 속으로 빨려 들어가 겨울을 향해 흘러간다.

모든 나뭇잎들이 안녕을 외치며 흔들어 댄다. 이별의 계절이다. 여름 손님들이 떠나간 빈숲을 산책한다. 여름 내내 애썼던 잎들은 물러가고 대신 빨간 열매들이 훈장들처럼 싱싱하게 달려 있다. 초록빛 잎 사이로 눈부시던 빛들도 어느새 자취를 감추었다. 체념의 계절이다.

가을비가 내린다. 허무가 함께 폭포처럼 쏟아진다.

이 비가 그치고 난 뒤의 침묵이 두렵다. 그리고 늙어 가는 나를 거부하고 싶다. 인생은 허무한 맛에 산다고?

가을

여름의 방문자들이 떠나간 빈숲을 산책한다.
무성하게 번식하는 생명력으로
'잡초'라는 이름으로 불리는 수없이 많은 종류의 풀들이
전리품처럼 빨갛고 검은 열매를 매달고 있다.

꽃과 바람과 구름, 계곡의 그늘 사이로
흘러내리던 물소리와
초록의 잎사귀마다 눈부시게 부서지던
빛가루들이 조용히 물러간다.

가을비가 내린다.
감출 것이 많은 듯 유난히 소곤소곤 내린다.
이럴 때에는 허무가 나를 지배한다.
빗소리는 허무를 더욱더 깊숙이 안내한다.
감정의 사치일까?
비가 그치면 흔들리던 나뭇잎도 잠잠해진다.

일희일비

2015년 새해의 목표를 '일희일비하지 말자'로 정하였다. 사실 이 목표는 과거 20여 년간 일우실리콘주식회사의 대표이사로 재직하는 동안에 여러 번 세웠던 목표였는데, 그 이유는 매일같이 사장실로 보고되는 사항의 90%는 불리한 정황의 보고였기에 일희일비해서는 그 스트레스를 감당할 수 없었기 때문이었다. 사실 중소기업을 한다는 것은 10%의 유리한 상황이 90%의 불리를 극복해야하는 힘겨운 전쟁을 감당하는 기적적인 도전이다.

2014년 12월 31일 자정에 열리는 송구영신 예배에 참석하였는데, 놀랍게도 목사님의 설교가 바로 그런 것이었기에 한번 요약 소개해 보기로 한다. 쌍문동에 있는 '높은 뜻 정의교회'의 내가 존경하는 오대식 담임목사님의 송구영신 예배의 설교

2014년은 성공했는지 아니면 실패한 해였는지 정리해 보고 넘어가는 것이 좋겠지만, 그러지 말기를 바란다. 스탠포드대에서 말귀를 알아들을 수 있는 4살짜리 아이들에게 사탕을 주면서 "이 사탕을 15분간 참았다가 먹으면 한 알씩 더 주겠다."고 했더니 3분의 1은 15분을 참지 못하고 먹

어 버렸고 3분의 2는 참아냈는데, 그 후에 그 아이들의 성장 과정을 관찰했더니 3분의 2에 해당하는 참아낸 아이들은 사회성이 좋게 모범적으로 커 갔으나 3분의 1은 그렇지 못하였다는 연구결과를 발표하면서 '조금만 더 길게 생각하는 능력이 있으면 인생은 달라질 수 있다'는 결론을 내렸다.

반대로 하버드대에서는 성장한 사람들의 과거를 거슬러 연구했는데, ⓐ행복하며 성공하였다는 부류와 ⓑ불행하며 실패하였다는 두 부류로 나누었는데 ⓐ는 ⓑ에 비하여 인생설계를 긴 시간 단위로 생각하였기에 그 안에서 일어났던 실패는 다 인내하며 극복할 수 있었다는 사실을 밝혀내었다. 즉 시간지평(時間地平)의 길고 짧음이 매우 중요하였다는 것이다. 중요한 것은 ⓐ, ⓑ 모두 그간에 비슷한 고난과 고통을 겪었다는 사실이다.

그러니 올 한 해의 결과를 갖고 일희일비하지 말라. 시간지평을 길게 잡고 살아가라. 아래의 소동파의 시를 참고로 하기 바란다.

제서림벽(題西林壁)

－ 소동파(蘇東坡)

앞에서 보면 산줄기 옆에서 보면 봉우리

멀리서 가까이서 높은 데서 낮은 데서 그 모습 제 각각일세

여산의 참모습을 알지 못함은

단지 이 몸이 산속에 있기 때문이라네.

결국 내 인생의 하나하나에 집착하지 말고 전체 삶을 바라보아야 하므로 일희일비할 필요가 없다는 것이다. 이 설교는 나를 오랫동안 생각에 잠기게 하였다.

비틀즈의 초기 멤버였던 드러머 피트 베스트가 생각난다. 비틀즈가 아직 무명시절에 함부르크에서 피나는 고생을 하고 리버풀로 돌아온 1962년경에 그는 비틀즈에서 나와(대신 링고스타가 드러머로 선발됨) 빵가게에 취직하게 되는데, 그리고 몇 달도 지나지 않아 비틀즈는 기적같이 세계적인 대 스타로 발돋움하게 되었다.

주급 몇 파운드를 받는 빵가게에서 비틀즈의 어마어마한 공연을 TV로 바라보던 그는 결국 자살을 기도할 정도로 그 상황을 극복하기 어려워하였으나, 우여곡절 끝에 지금은 비교적 행복한 생(生)을 살고 있는데, 문득문득 빵가게에서 비틀즈의 TV공연을 바라보던 베스트의 아픈 마음이 내게 와 닿는다.

하버드대학의 주커버그의 클라스메이트들 중 "처음 만든 그의 프로그램(나중에 facebook이 됨)이 하도 허접하여 그 개발 모임에 끼는 것을 거부하였는데, 그것이 일생의 후회다."라고 말하는 것을 들었다. 우리가 살다 보면 이런 일들을 누구나 많이 겪는다.

법정 스님의 말씀을 새겨 본다.

"어떤 경계를 만나더라도 기뻐하지 않고, 성내지 않고, 탐내지 않고, 싫어하지 않는 모래같이 무심한 경지에 이르라."

경제와 정치를 떠나며

◇ 경제

오복의 첫째인 부(富)를 포기하고 가난을 선택한 이유들!

평생을 바쳐 회사를 운영하면서 몸으로 느낀 것은 시장에서의 경쟁 룰이 심히 불공평하다는 것이었다. 무일푼으로 구로동 공구상가의 한 구석의 단칸방에서 판매업으로 시작하여 인천 남동공단의 수천 평 공장을 세우기까지의 눈물과 땀은 상상을 초월하는 것이었다. 결국 IMF 때의 부도로 남은 것은 한 줌의 잿더미밖에 없었다.

지금 돌아가는 지구촌의 경제는 다수 대중을 위한 것이 아니라 상위 1%들을 위한 잔치에 불과하다는 서글픈 현실. 그리고 그 1%가 남긴 부스러기들을 챙기느라 아비규환인 이 현실. 상황이 점점 더 심각해져 가는데도 이젠 그 누구도 걷잡을 수 없는 지경에 이르렀으며, 자본주의의 종말이 다가오는 듯한 징조마저 보인다. '보이지 않는 손'은 시장의 질서를 확립해가기는커녕 이제 거대한 자본 독점의 손으로 변질된 것이다.

차라리 마음이라도 편하게 가난하게 살고 말겠다는 것이다. 머리가 한결 밝아졌다.

◇ 정치

내가 어울리는 세계는 거의 모두가 60대이지만, 어쩌다가 60대는 이토록 편향된 정치의식을 갖게 되었는지 알다가도 모를 일이다. 어떤 요소들이 그들로 하여금 묻지 마 지지 성향을 형성케 하였는지?

그것의 잘잘못을 따지기 이전에 나와 같은 진보적인 성향에게는 대화 하나하나가 스트레스 그 자체였다. 국민은 안중에도 없는 그들만의 지능적인 치졸한 게임에 몰두하고 있는 정치판을 보는 것 역시 큰 스트레스이다. 책임은 묻지 마 지지를 보내고 있는 사람들과 본연의 사명을 저버린 언론들일 것이다.

전에는 젊은이들이 나서서 극단적으로 가는 것은 막았지만 이젠 그 젊은이들도 사라졌다. 뭔가 말을 해야 할 시점에는 어김없이 침묵하는 일부 사이비 종교인들과 지식인들만이 득실거리는 사회!

차라리 안 보고 말겠다.

새장을 탈출하여
숲으로 들어갔다
— 리베르투스 —

이 시대를 일컬어 '新노예시대'라고 말하고 싶다. 그 옛날 영화 〈벤허〉의 노 젓는 노예들은 배가 어디로 가는지, 얼마나 가야 하는지를 모른 채 시키는 대로 노만 저었던 장면이 생각난다. 그렇게 오래전으로 갈 것도 없이 100여 년 전의 노예와 뭐가 다른지 묻고 싶다.

• 일의 노예

차라리 농경사회가 그립지 않은가? 처음 산업혁명이 일어났을 때에 기대에 부풀었던 사람들의 절망이 오늘날 우리가 겪는 아픔 아닌가.

• 돈의 노예

자본주의라는 현대 시스템의 왜곡된 승부욕으로 너나없이 혈안이 되어 있는 이 광경.

• 스트레스의 노예

만병의 원인이라는 이유로 무조건 행복하게 살아야 한다는 강박관념이 여기저기서 스트레스를 생산하고 있다.

이밖에도 물질축복의 노예, 브랜드의 노예, 행복의 노예, 지식의 노예, 속도의 노예, 스케줄의 노예, 약속의 노예, 기계의 노예, 관습의 노예 등등으로부터의 탈출은 삶의 혁명이며 기적이다.

민족 제1의 영웅

~ 애벌려 비를 맞으면 EQ가 올라간다!? ~

합창교향곡 제4악장

본시 베토벤을 좋아했던 고로 처음 유럽에 갔을 때에 맨 먼저 찾아간 곳이 독일 본에 있는 생가였고, 오스트리아 빈의 중앙공원에 있는 그의 무덤이었다. 타고난 천재 모차르트의 원고는 한 번에 휘갈겨 쓴 것이지만 베토벤의 그것은 여러 번 고치고 또 고친 근성과 노력의 결과물.

1824년 5월 5일 초연한 합창교향곡 중에서도 제4악장은 희망과 사랑의 메시지를 가득 담고 있어서, 쉴러의 '환희의 송가'의 가사를 몰라도 가슴 가득 넘쳐흐르는 주체할 수 없는 환희의 세계로 안내하는, 이전에도 없었고 이후에도 없을 대작! 카라얀이 이끄는의 베르린 필의 카리스마 넘치는 지휘에 매료되어 찰츠버그 성에 있는 그의 무덤까지 참배하였다.

나는 이 4악장을 자기 전에 꼭 들었고, 숲에서도 틈만 나면 듣고 또 듣고, 아무리 들어도 질리지 않는 평생의 친구인 것이다. 들을 때마다 기쁨 속에서 인생은 살 만한 것이라는 용기를 받았다. 세상의 어떤 것이 이토록 사람들을 행복하게 할 수 있을까?

영화 〈카핑베토벤〉에서 합창교향곡 지휘가 끝나는 순간 나는 무서운 전율을 느꼈으며 그 자리에서 그냥 펑펑 울고 싶었다.

베토벤은 이 9번을 쓰고 바로 죽었는데 그래서 '9번의 저주'란 말이 나왔을까? 그러고 보면 슈베르트, 드보르자크, 브루크너 등도 같은 운명이었기에, 이 저주를 두려워한 구스타프 밀러는 아홉 번째 교향곡을 9번이라 칭하지 않았지만 그 역시 바로 죽고 말았으니, 9번의 저주는 확실하게 존재했던 모양이다.

영화 〈카핑베토벤〉

음악영화
베스트 목록

나의 베스트 목록 중에서 음악영화에 관한 이야기를 해 보겠다. 나에게 음악영화의 역사를 시작하게 한 것은 중학교 때의 영화 포스터. 노래가 이토록 아름다울 수가 있다는 데에 놀라고 또 놀랐었기에 50여 년이 지난 지금도 그 장면들이 선명하게 남아 있다.

이후에 어느 유명 가수의 은퇴 공연의 마지막 곡으로 〈home sweet home〉을 불렀는데, 가수와 관객 모두가 펑펑 울었다는 이야기를 듣고 공감이 갔다. 〈아마데우스〉에서부터 〈원스〉, 〈코러스〉, 〈스쿨 오브 락〉 등 음악 영화라면 사족을 못 쓰고 봐 온 터라 할 이야기도 많지만, 특별히 〈비긴 어게인〉은 내가 살았던 뉴욕이 배경이라서 애착이 가고, 그토록 열광했던 비틀즈의 음악이라서 죠지 해리슨이 당연히 목록에 오른다.

〈맘마미아〉에서는 삶의 환희를 맛보았고, 코러스에서는 때 묻지 않은 영혼들의 소리에 반했다. 〈Rose〉는 주제곡이 더 유명하여서 좋아한다. 이 모든 음악 영화 중에서 단연 목록 1호에는 몇 년 전에 상영되었던 영화 〈즐거운 인생〉이다. 삶의 가치를 일깨워 준 너무나도 즐거운 이 영화를 몇 번이고 몇 번이고 보아 왔다.

요즈음의 영화들은 음악영화라는 카테고리에 굳이 넣지 않아도 나름 멋진 음악을 배경에 깔고 있다. 〈대부〉 2편의 시작 부분의 항해하는 배 뒤편에서 잔잔히 흐르는 주제음악과, 라라와 지바고가 달리는 눈길 위의 마차에 울리는 아름다운 선율은 평생 잊을 수 없다.
최근에 본 〈위플래쉬〉에서의 집념의 한 드러머의 이야기는 강한 인상을 남겼다. 나의 드러밍은 그냥 소리가 아니다. 사랑하는 사람을 바라보는 눈동자이다. 소리가 사랑이다. 아주 애절했던 그 사랑의 소리를 눈을 감고 음미한다. 그 부드러운 그녀의 머리카락 감촉이 하이햇에서 소리가 되어 날아간다. 감미로운 향수내음까지 실려서.

화내는 것은
천박한 짓이다

매년 초에 목표를 세웠지만 번번이 한 달을 넘기지 못한 것이 하나 있는데, 그것은 '화내지 말자'는 것이었다.

평생 나에게 좌절을 안겨준 것은 바로 '화'이다. 매일 아침 조용히 기도하며 다짐하는 것이 '오늘은 화내지 말자'였지만 지켜진 날이 과연 며칠이나 될까? 나를 슬프게 한 것은 화낼 일이 아닌 것에 화를 냈을 때이다. 별 의미 없는 일에 화를 내고나면 며칠 동안 좌절하며 않는다.

독일 사람들은 어려서부터 남에게 화를 내는 것은 천박한 짓이므로 절대로 화를 내서는 안 된다고 교육을 받는다고 한다.

내가 회사의 대표이사로 재직하는 동안에 직원들에게 무수히 화를 낸 탓에 나 스스로 생각해도 체신머리가 말이 아니었기에, 지금 생각하면 너무나도 미안하고 수치스러운 일이라 부끄럽기 짝이 없다.

화는 생물학적으로나 심리학적으로는 하나의 방어수단으로, 경보장치이자 생존의 메커니즘이라고 한다. 그렇게 본다면 화 그 자체는 귀한 것이다.

- 신념의 아름다움 -

그러나 지나치게 과잉반응 또는 과민반응을 감정적으로 표출한다는 게 문제이며, 그것은 남에게는 물론이고 나에게조차도 폭력적으로 발전한다는 것이 문제이다. 그리고 결국 병적으로 전이되어 나와 나의 환경 전체를 파괴하고 만다는 것이다.

⑴ 내가 화를 내는 원인
- 부하 직원들이 기대에 크게 못 미쳤을 때
- 나의 완벽주의
- 평소 마음에 안 드는 사람이 거슬리는 말이나 행동을 할 때
- 사회의 부정부패에 대한 나의 분노를 누군가가 건드렸을 때
- 내가 부당한 대접을 받을 때
- 내가 속았다고 생각될 때

⑵ 화를 내는 모습
- 통제 불능 상태로 빠져들어 이성을 잃고 만다.

⑶ 화를 낸 뒤의 상태
- 몇 시간 동안은 아무 일도 못하고 씩씩거린다.
- 만일 혈압이 있는 상태라면 분명히 쓰러졌을 것이다.
- 후회막급

당연히 화를 낼 만한 상황도 물론 있기는 하지만, 그런 상황이라 할지라도 화를 밖으로 표출하는 것은 위험하기 짝이 없는 미숙한 행동이며,

- 애벌레비를 맞으면 EQ가 올라간다!? -

대부분의 경우는 화를 낼 만큼의 가치조차 없는 것이어서 나를 슬프게 하는 것이다.

또 나 자신에게 내야 할 화를 약한 부하직원들에게 내는 비겁자라는 자책감으로 나를 정면으로 바라보기도 어려운 때도 있다.

그러면 화를 잘 다스릴 수 있는 방법은 없을까?

내가 시도해 본 방법은 다음과 같다.

⑴ 분노의 원천을 제거한다.

 – 만나기만 하면 내 속을 긁는 주제를 들고 나오는 친구는 절교를 한다.

 – 정치와 경제에 관한 관심을 끈다.

⑵ '가만 있어 보자'

 – 나에게 속삭이며 복식호흡을 하며 10초의 시간을 벌며 한 걸음 물러선다.

⑶ 조금 걸어 본다.

⑷ 완벽주의의 폐기.

⑸ 성향이 맞는 사람들과 어울린다.

하지만 사람의 성격은 그리 쉽게 다스려지는 것이 아닌 것을!

30년 이상을 연마해 온 덕분에 조금 나아지긴 했지만, 여전히 버럭 화를 내는 악습은 여전히 살아서 나를 죽여 가고 있는 현실이다.

사실 환경이 좋아져서 화를 낼 만한 상황도 많이 줄어든 것은, 치열했던 시절은 가고 단순한 전원생활을 하는 덕분이다.

정서적인 안정과 삶의 여유로움이 어우러져 어느 정도는 내 마음의 주인 행세를 제대로 하고 있기에 감정 조절 능력도 탁월하게 발전했다고 보인다. 분노의 경계경보가 내 몸에 울려 퍼지는 순간, 본능적으로 감정관리 시스템이 예민하게 작동하기 시작한다.

이제 나이에 걸맞게, 화를 세련되게 다스려 품위를 잃고 방황하는 일은 결코 없어야 하겠다. 화를 낼 수밖에 없는 상황에 부딪치더라도 격조 높은 감정 관리의 모습을 보여야 할 것이다. 지금까지는 부정적인 데에 압도당하여 분노가 폭발하는 경우가 많았지만, 이제부터는 긍정의 힘에 편승하여 버럭 화를 내지 않는 지혜로운 분노 관리를 할 것이다.

달라이라마의 말을 가슴에 새겨 본다.

.

.

"In general I think that
anger is a sign of weakness
and tolerance a sign of strength."
(화를 내는 것은 약한 자,
참는 것은 강한 자의 행동이다.)

늙는다는 것

웰빙(Well-being)은 순간적으로 행복한 것을 뜻하는 것이 아니라 삶 전체에 걸쳐 즐거운 것을 의미한다.

즐거움이란 무엇일까? 키레네학파의 주장처럼 육체적이고 말초적인 것을 뜻하지는 않는다. 오히려 에피쿠로스학파처럼 '정신적인 평화로 자신 바깥의 걱정에 교란당하지 않는 고요하고 평온한 삶'이다. 평온을 유지하려면 첫째, 생활이 단순해져야 한다. 그리고 부유해져야 한다. 여기에서 부유해진다는 뜻은 소유가 많아서가 아니고 원하는 것을 최소화하는 것을 말한다.

이런 말이 있다. "늙는다는 것은 신의 은총이고 젊음을 잃지 않는 것은 삶의 기술이다." 늙을수록 진정한 여유와 자유가 허락되나 보다.

우리 인생은 우리가 가지려는 순간 사라져 버리고 아쉬움으로 가득 찬다. 꽃이 예쁘다고 느끼는 순간 덧없이 져버린다.

요즈음 가만히 있으면 "어디 화났는가?", 그리고 멍하니 있으면 "무슨 고민이 있는가?"라는 질문을 받는다. 남들이 뭐라고 한들 무슨 상관인가? 마음 가는 대로 살아 보리라.

나는 갈수록 멋있어진다. 청춘이 있던 자리에 평화와 자유가 자리 잡았기 때문이리라.

늙기엔 아까운 사람이지만(?!) 늙을수록 멋진 사람이다.

지금은 영혼을 가꾸는 시간, 무디어지는 것이 아니라 더 예민해지는, 더 열정적이고 싶다. 진정 중요한 가치를 구별할 수 있기에 삶의 속도를 늦추리라.

나와 동시대에 존재한 사진 중
이만큼 즐거움을 선사한 사진이 또 있을까.

_에멜레미를 맞으면 EQ가 올라간다!? _

여행은 마상청앵도

나의 본격적인 여행의 역사는 1970년대 중반으로 거슬러 올라간다. 최초의 해외여행은 일본 외무성 초청으로 한 달 간 일본 전국을 돌아다닌 것, 그로부터 1998년 미국으로 떠나기 전까지 25여 년간 약 100여 차례의 해외여행을 하게 되었는데, 거의 모두가 공무 출장 중에 하루이틀 시간을 내어 혼자 그 부근 어디론가 쏘다닌 것이 나의 여행의 줄거리이다. 그중 특히 뮌헨에 자주 갔는데, 갈 때마다 취리히행 기차를 탄다거나, 잘츠버그를 둘러본다거나, 본의 베토벤 생가를 방문한다거나 하는 식이었는데, 난 열심히 일하는 내게 선물을 준다고 생각하였다.

1983년 여름, 바그다드를 방문하니 국영방송에서 매일 저녁 시간대의 골든타임에 극장에서 기부하려는 시민들의 긴 행렬을 중계방송하고 있었다. 이란과의 전쟁 자금을 위해 국민들이 금붙이를 기부하는 행사였다. 이어서 취리히를 방문하였더니, 같은 저녁 시간대에 소말리아 난민들을 위한 구호물품을 기부하는 광경을 방송하는, 아주 대조적인 장면을 목격하였다.

식사도, 맥주도, 산책도 홀로 하는 고즈넉한 생활, 외로움마저 이 생활의 일부가 되어 혼자라는 상태가 편안하다. 누가 옆에 있건 없건 자기 페이스를 유지하는 사람도 있지만 나는 아니다. 나만의 완전한 세계를 일그러뜨릴 타인이 없다는 것이 나의 평화이다.

여행은 삶의 여백이다.

현대인들에게는 여백이란 하나의 사치처럼 들릴 정도로 빡빡한 일상을 계속하기에 더더욱 여백이 필요한 현실이다. 나만의 느낌의 여백 말이다. 김홍도의 〈마상청앵도〉는 여백이 그림을 압도한다. 우리는 여백을 즐기는 신선들이다.

어느 누가 여행을 통해 아무것도 얻은 게 없다고 하자, 소크라테스는 "자기 자신을 짊어지고 갔던 게지."라고 대꾸했다고 한다.

여행은 다른 공간의 아우라를 느끼는 것 아닐까.

나는 아무 곳도 가지 않고 모든 것을 느끼는 여행을 즐긴다. 바로 음악 여행이다. 시공간을 초월하여 넘나들며 자유롭게 상상의 나래를 편다. 〈제비꽃〉을 들으며 25살의 괴테의 마음속에도 들어가 보고, 〈겨울 나그네〉를 들으며 슈베르트의 아픔을 공감하기도 한다.

여기, 내 생애 최고의 여행을 간단히 소개하고자 한다.

2002년 9월 20일(한국에서는 추석날) 아침 6시 20분경, 네바다 주의 라플린에서 콜로라도 강을 건너자마자 바로 나타나는 애리조나 주의 산을 넘어가는데, 거의 산 정상에 이르렀을 때에 백미러에 비친 거대한 달에 놀라 차를 세우고 바라보니 마치 비치파라솔 크기의 달이 서쪽 평원으로 넘어가는 순간이었다.

과연 이렇게 큰 달이 있을 수 있는가? 완전히 사라질 때까지 불과 30여 초! 토끼가 실물 크기로 방아를 찧고 있던 그 광경은 40년 여행 중의 최고의 걸작이다.

-신념의 아름다움-

천국에서의 외출

꼭 60년 전에 돌아가신 아버지는 지금까지 서너 번 나의 꿈에 나타나셨는데, 나타나실 때마다 1분이나 머무셨을까?

아마도 그 1분은 천국의 시간으로는 1박에 해당할지도 모르겠는데, 천국의 외출은 또 침묵의 외출인가 보다. 한마디 말씀도 안 하신 걸 보면.

내가 이토록 애틋할진대 아버님은 또 얼마나 애틋하실까? 아마 만 배는 더할 것이다.

시간이란 것은 일정한 길이로 단정할 수 없는 것이, '일각여삼추'가 거꾸로 '삼추여일각'이 되기도 하기 때문이다.

하루살이도 천 년을 살지도 모르는 것이 시간의 속성인 만치 여기의 0.1초가 천국의 1년일 수도 있다는 것이다.

어쨌거나 천국의 외출 허가는 엄청 어려운 것임에는 틀림이 없다. 왜 그럴까? 아버지도 30여 년 안 나타나시고 그토록 그리운 어머니는 아직 한 번도 외출하시지 못하고 있으니, 난 가끔 자기 전에 조용히 기도해 본다.

주님이시여!
너그러이 속히 어머니의 외출을 허락하여 주소서!

잠재의식과 능력

병원에 가서 전문가의 진단을 받고 좋아하는 것은 치료되어서가 아니라 심적인 안정을 찾았기 때문이다.

치유의 방법은 내 안에 있다. 치유의 잠재능력의 10분의 1도 활용 못하고 사는 게 현실이다.

나는 20대의 7-8년을 중이염 때문에 매일같이 항생제를 복용하였는데 차도가 없어서, 할 수 없이 비상수단으로 앞뒤 안 가리고 죽기를 각오하고 약을 끊었는데, 비상상황이라 자생력이 발동했는지 그 이후 지금까지 40년간 어떤 약도 먹지 않고 살아왔다.

잠재의식은 무엇이든지 의식에 주입되는 대로 반응한다. 그렇게 때문에 부정적인 말을 하면 잠재의식은 그것을 실현시키고야 만다는 것이다. 그것은 마치 컴퓨터의 input와 output의 관계 같기도 하다. 반대로 긍정적인 말을 하면 그렇게 실현시킨다는 것이다. 미국 내에 있는 나바호 자치지구 안에 있는 모뉴먼트밸리 부근의 아메리칸 원주민들도 그래서 부정적인 말을 금기시한다고 하였다.

〈내 영혼이 따뜻했던 날들〉을 읽고 인디언들의 유적 탐사에 나선 것은 2002년의 일인데, 콜로라도 주에 있는 메사버드를 비롯하여 애리조나 주와 뉴멕시코 주에 걸쳐 있는 유적들의 대부분은 새들도 드나들기 어려운 절벽의 중간에 거처를 만들어 살았던 곳이다. 백인들에 쫓기고 쫓겨 마지막으로 그 위험천만한 벼랑 끝에, 보는 사람도 가슴 서늘하게 하는 그런 곳에서 살았다니 믿어지질 않았다. 더욱 재미있는 것은 유적지의 입장료를 백인이 챙기는 곳도 많았다는 사실!

인디언들의 특징 중의 하나는 유머감각을 중요시하여 어릴 적부터 교육을 시킨다는 것이다. '즐겁게 살아야 한다.'가 중요한 삶의 가치인 것이다.

침묵

뉴욕시의 플러싱에 있는 300년 된 케이커 교회를 몇 달 다닌 목적은 그 특이한 예배 양식을 경험해 보기 위해서였다. 과연 그것은 예배라기보다는 선을 수행하였다고 표현하는 게 어울릴 정도로 침묵으로 시작하여 침묵으로 끝났다.

침묵은 지혜의 시작이며, 영혼을 맑게 하며, 나를 자유롭게 하는 또 하나의 표현의 기교이다.

침묵은 단순히 아무 말도 하지 않는 것이 아니라 냉정을 유지하며 칼자루를 손에 쥐고 상대를 제압하는 기술이다.

때로는 미덕이요, 때로는 매력이며, 그 보이지 않는 강인한 힘은 새로운 불꽃을 탄생시킨다.

최고의 침묵은 죽음 앞에서의 침묵이다.

-산넘의 마을나눔-

나는 묵자가
될 수 없다

2011년 1년 동안 강남역 부근의 마술학원에 다녔다. 서울 암연대에 가입해서 봉사활동을 하려 하니, 각자 뭔가 특기가 필요해서였는데, 마술이 가장 효과적이라 판단했기 때문이다. 그리고 생애 처음, 수동에 있는 한 암센터 강당에서 200여 명의 환우들이 보는 가운데 내게 주어진 10분 정도의 공연을 무난하게 소화하였다.

하지만 봉사한다는 것이 이토록 어려운 일일 줄은 미처 몰랐다. 다들 이 나이에 하는 거니까 나도 한번 해 보리라고 가볍게 생각했는데, 평생을 이기적으로 살아온 내가 갑자기 적잖은 경비와 시간을 들여가며 남을 돌본다는 것이 만만치 않았던 것이다. 조금 더 치밀하게 준비하여 훗날 다시 도전해 보리라 다짐하였다.

~ 에빌레비를 맞으면 EQ가 올라간다!? ~

누군가를 사랑하는 것은 피곤한 일이지만 그 속에서 행복을 느낄 수 있어야 할 것이다.

춘추전국시대의 사상가들은 모두 지배자의 입장에 있었지만, 유일하게 약자들의 편에서 그들을 위해 자신을 희생한 묵자의 정의롭고 보편적인 사랑이 생각난다. 공자에 가려 2000여 년 동안이나 사라진 묵자를 복원시켜야 한다.

04

무
능
한
神

희망(Hope)

잔인한 유산

바그다드의 비극

여자의 독재 시선

어느 선교사의 마지막 말씀

팽목항의 눈물

알로하오에

소수의 법칙

벤츠 타는 웨이트리스

그 순간

가족 공연

무능한 神

교회 쇼핑

플러싱의 전설

블랙잭 여행

미국에 살기 싫다

이민자의 恨

제1 우수 민족

이 세상은 쉬는 곳?

영혼이 따뜻해지는 이야기들

활명수

아미쉬공동체가 답이 아닐까?

뜻밖의 귀한 손님

알파고의 충격

함평엑스포 공원 만세

치료하지 않는 캐나다 병원

All mine to give

관행의 폭주

화재로 무너진 날

부르클린의 추억

기막힌 반전

팁문화

희망(Hope)

영화 〈쇼생크 탈출〉에
보면, 감옥에 있을 때
듀프레인이 'Hope'를
얘기하면 레드는 코웃
음 치며 무시했는데,
나중에 출옥한 다음에
레드는 목적지를 향하며 그 'Hope'를 수도 없이 중얼거리는 장면이 나
온다.

얼마 전 어느 동물원에서 우연히 사육장을 탈출한 곰과 마주치게 되었
는데, 정작 놀란 것은 내가 아니고 곰이었다는 사실! 그리고 그리던 자
유를 찾았지만 오랜 기간 익숙해진 생활패턴을 바꿀 용기가 나지 않아
사육장 앞에서 쭈그리고 있다가, 사육사들이 오자 순순히 다시 사육장
으로 안도의 한숨을 쉬며 돌아가는 것을 목격하였다.

그 곰과 다를 바 없었던 레드를 자유의 장으로 마침내 도착시킨 것은
'Hope'의 힘이다. 두 팔을 번쩍 치켜들고 환희와 기쁨에 가득 찬 얼굴로
'Hope'를 외치는 인상 깊은 장면은 'Hope'의 완성.

-애벌레리를 맞으면 EQ가 올라간다!?-

백담사 앞에는 수많은 'Hope'들이 돌탑에 숨어 있다. 어떤 희망들이 저토록 많을까? 그 희망들은 다 이루어진 것들일까? 탑들을 마주치며 경건하고 엄숙해졌다.

나도 냇물에 내려가서 아무 생각 없이 무념 하나를 더하였다. 평생 너무 하나님께 이것저것 달라고 졸랐기에 지금은 염치가 없어서 그냥 돌멩이 한 개를 가만히 얹어 놓았다.

강원도 강릉의 대기리 노추산 계곡에는 크고 작은 돌탑이 무려 3,000개가 있다. 어느 여인이 신의 계시를 받아 생전에 그 많은 탑을 혼자서 쌓았다고 한다. 이 어마어마한 탑을 쌓는 동안 무슨 생각을 하였을까? 無를 쌓은 것은 아닐까?

희망의 끈은 이토록 위대한 것이다. 희망의 끈을 잡고 있는 한 난 청년이다. 기적의 힘이 분출되기 때문이다.

희망은 이 세상의 모든 것을 담고 있는 성경까지도 지배해 왔다.

최초의 여인인 판도라는 제우스로부터 열어서는 안 된다는 당부와 함께 상자 하나를 받았는데, 그 안에는 인간의 모든 축복과 저주가 담겨 있었다. 하지만 유혹과 호기심에 못 이겨 결국 판도라는 상자를 열고 말았고, 여는 그 순간, 모든 저주는 온 세상으로 퍼져 축복은 사라졌고 세상의 평화마저 사라졌다.

하지만 '희망' 하나만은 상자 안에 남았다. 희망이 없다면 사람들은 버텨낼 수 없을 것이다.

어떤 사람은 희망을 발견하고 놓치지 않는데, 또 어떤 사람은 왜 그렇지 못할까?

진정한 희망이 굳건히 서려면 현실에 존재하는 위협과 위험들을 극복해 나가기 위한 전략을 통합하는 균형이 필요하다. 희망을 바라보지 못하는 사람이 있다면 그것은 자신이 처한 환경을 조금도 통제할 수 없을 거라는 생각이 미래를 보는 눈을 흐리게 하기 때문이다.

희망은 우리의 미래를 열어 주는 빛이요, 우리를 강하게 만드는 엄마의 손이다. 희망은 내적인 마음가짐이 아니라 행동으로 옮겨야 완성되는 것.

잔인한 유산

대략 1000년의 간격을 두고 건설된 피라미드, 카르나크 신전, 만리장성, 쾰른 대성당은 많은 사람들이 꼭 봐야 할 곳, 감동가득한 곳으로 뽑은 대표적인 인류의 유산이다.

나 역시 이 위대한 건축물 앞에서 말문이 막혔던 것도 사실이다. 하지만 쾰른 대성당에서 예배를 보며 평화를 찬미하는 것이 그다지 기분 좋은 일만은 아니었다. 정당한 노동의 대가를 지불하지 않고 강제로 사용한 노동에 의해 건축된 이 눈물의 성당에서 과연 신은 우리에게 평화를 허락할 것인가?

잔인할수록 더 박수갈채를 받는 이 아이러니를 어찌해야 할까! 우리나라에는 그런 대규모 노동 착취의 유산이 없는 것이 자랑이다.

바그다드의 비극

2003년의 미국 공습으로 바그다드는 완전히 초토화되었다.

1000여 년 전만 해도 세계 최대의 도시로, 모든 길은 이곳으로 통한다고 할 정도로 융성했던 이슬람제국의 귀중한 유산들이 모두 사라졌다. 1980년대 초에 한일합섬(주)에서 중동담당을 하면서 티그리스 강변에 있는 바그다드 호텔에 자주 묵었는데, 미국이 바그다드를 침공하면서 바그다드 호텔이나 바그다드 박물관이 폭격으로 파괴당했다는 뉴스를 접하고 눈시울을 적셨다. 특별히 박물관에는 함무라비법전 비석을 비롯하여 수많은 인류의 문화유산이 있는데……. 그 박물관을 12년 만에 재개관했다고 하는데, 무슨 의미가 있는 건지.

게다가 당시의 바그다드의 군인이나 일반인까지도 거의 모두 내가 기획하여 수출한 국방색의 군복을 입고 있어 더더욱 친근감이 있었기에 슬픔은 더욱 컸다.

물론 쿠웨이트를 침공하여 쑥대밭으로 만든 죄가 있었던 고로 대가를 치른 것은 그렇다 치지만, 아무리 생각해도 미국의 무차별 폭격은 지나친 것 같다.

이라크의 오늘날의 대혼란은 현대의 제국주의적 침략의 끝은 어떤 것인가를 극명하게 보여 주는 것은 아닐까.

~무능한 神~

여자의 독재 시선

난 여성잡지를 구경하는 것이 좋다.

그곳에서 도도한 지적이고 오만한 여자의 시선을 감상한다. 한 번 본 것은 두 번 다시 보지 않을 교만한 시선이다.

사진이 없던 때의 그림을 보면 온순하기 짝이 없던 시선들이 왜 이리 표독스럽게 변했을까?

나의 오랜 연구(?) 끝에 나온 결론은,

▷ 귀족을 흉내 낸다.
▷ 가브리엘 샤넬의 시선을 흉내 낸다.

는 것이다. 이 독재적인 시선은 럭셔리한 명품을 연상시킨다.

시선에도 패션이 있다.

"나 모든 것을 갖고 있어, 너희 따윈 감히 따라 할 생각도 하지 마!"라고 그 시선은 나에게 말하고 있다.

이 오만한 눈에서 여자의 시대의 도래를 본다.

오늘날의 미인의 기준의 핵심에 이 시선이 자리 잡고 있다. 한때 '이마가 넓어야 미인'이었던 것처럼.

하지만 관상학적으로 보면 이 폭력적인 시선은 박복할 흉조이다. 자본주의적 이 시선은 하루빨리 모나리자의 시선으로 돌아가야 할 것이다.

가브리엘 샤넬

트렌드의 독재

한때 유럽에서는 남자 바지에 성기 주머니가 달려 있었는데, 크게 보이려고 사람들은 그 주머니에 헝겊 같은 것을 넣었다.

어느 선교사의
마지막 말씀

내가 합정동에 살 때에는 어린아이들을 데리고 놀이터처럼 늘 드나들던 외국인 묘지를 30여 년 만에 다시 찾아보고 실망감만 가득 안고 돌아왔다. 전에는 고목도 많고 묘들이 듬성듬성 있어서 뭔가 숙연한 생각이 들게 하는 곳이었는데, 지금은 그 큰 나무들을 다 베어 버리고 묘들을 한곳에 다 모아서 잘 정돈해 놓았고, 어울리지도 않는 큰 교회 건물들이 입구에 덩그러니 자리 잡고 있었기 때문이다.

내가 좋아하는 Rubye R. Kendrick 선교사의 묘를 찾아보았는데, 역시 무슨 귀족 묘처럼 잘 단장되어 있었다. 전에는 쓸쓸히 외딴 곳에 있어서 그 아픔이 절로 묻어났는데…….

부둣가까지 찾아와서 눈물로 만류한 부모님을 뒤로하고 조선 땅으로 날아와서 선교 준비에 힘을 쏟던 중 입국한 지 9개월도 채 지나지 않은 때에 급성 병으로 인하여 25살의 어린 나이로 타계한 님! 죽기 전 마지막

-애벌허비를 맞으면 EQ가 올라간다!? -

으로 보낸 서신을 받아 본 부모님의 애틋한 마음이 100년도 더 지난 지금 여기 서 있는 나의 마음에까지 와 닿는다. 그리고 거기 적혀 있던 말씀!

"If I had a thousand lives
to give Korea should have them all."

(내게 천 번의 삶이 주어진다 해도
그 모두를 조선에 바치겠다.)

-무능한 神-

팽목항의 눈물

대한민국에 사는 아버지의 한 사람으로서 최소한의 면피를 위해 2015년 7월 하순에 분향소를 찾았는데, 컨테이너 분향소의 문을 열고는 들어가지 못하고 멍하니 잠시 정신을 잃고 있다가 분향도 못하고 그냥 그대로 돌아 나왔다.

마침 어둑어둑한 저녁 시간이라서인지 인적도 없는 그곳에 그 많은 어린 영혼들의 시선이 내게로 쏠리는 듯하여 도망치듯 후퇴하여 방파제로 나갔더니, 사랑하는 부모와 친구의 글들이 빼곡하게 들어차 있었다. 몇 줄을 읽어 나가는 데 눈물이 펑펑 쏟아진다.

'이 일을 어찌할꼬!' 막상 현장에 와 보니 상상 이상으로 감당키 어려운 뭔가에 압도당해 숨도 제대로 못 쉴 지경이었다.

무심한 검푸른 파도는 여전히 죄 없는 방파제만 때리며 울고 있었다.

알로하오에

내 평생에 기막힌 우연을 여러 번 경험하였지만, 그중에서도 가장 아름
다운 우연으로 평생 동안 나를 즐겁게 하는 귀한 추억을 소개해 보기로
한다.

1972년 12월 어느 날, 합정역 부근의 서울성산국민학교 6학년 5반 여자
반 교실, 졸업을 앞둔 학생들인지라 음악 시간에 알로하오에 노래를 부르
면서 "이 노래는 내가 졸업한 강릉고등학교의 졸업식 노래인데, 그때의
친구들이 그립다!"라는 나의 말이 떨어지자마자 노크 소리가 나서 교실
문을 열고 나가보니, 고등학교 친구인 주학락이 서 있는 것이 아닌가!

난 2년제 교육대학을 졸업하고 취업했기에 다른 친구들은 아직 대학생
이었던 때이지만, 이렇게 불쑥 내가 근무하는 학교까지 찾아온 경우는
처음인지라 약간 당황스럽기까지 하였다.

아주 잘생긴 학락이는 당시 K대학의 성악과에 다니고 있던 터라 얼른
안으로 모셔서 멋지게 알로하오에를 한 곡 뽑도록 한 후 같이 부르기도
하면서 너무도 즐거운 시간을 가졌던 추억!

그 친구는 훗날 강원도의 어느 고등학교 음악 선생님으로 근무하였다는
데, 그때 이후에 만나 본 적이 없다.

그립다, 친구야!
하지만 알로하오에를 흥얼거릴 때면 자네는
늘 나와 함께 이 노래를 부르고 있다네.
앞으로도 영원히!

162
- 여행에서를 잊드린 EQ가 돌리간다!? -

소수의 법칙

벌의 세계는 만장일치의 일사불란한 통제사회라고 알려져 있지만, 잘 들여다보면 5%의 이탈자들이 있다고 한다. 그리고 그 5%의 이탈자들이 위기의 순간마다 벌 집단을 구해 낸다고 한다.

인간의 모든 식량의 3분의 1과 지구상의 모든 수분의 4분의 3을 담당하고 있는 벌이 갑자기 사라지고 있다. 일찍이 아인슈타인도 걱정한 일이 현실로 다가와서 심각한 수준에 이르자, 미국 대통령까지 나서서 벌을 살리기 위한 운동을 벌이고 있다. 그리고 보니 요즈음의 벌들의 표정이 유난히 어두웠던 것 같다.

개미의 세계도 마찬가지이다. 일찍이 파레토가 알아낸 법칙은 20%의 일개미만 열심히 일하고 나머지 80%는 빈둥거리며 논다는 것이다. 다시 열심히 일하는 20%만 따로 떼어 놓으니까 그중 80%는 태도를 돌변하여 일을 하지 않고 빈둥거린다는 사실이다. 이런 경향을 인간 세상에서도 고스란히 적용된다는 것을 발견한 이탈리아의 경제학자 파레토의 이름을 따서 '파레토 법칙'이라고 한다. 일명 '소수의 법칙'으로, 80%의 결과가 20%의 원인에 기인한다고.

민주화의 과정을 거치면서 이런 이탈자들의 공이 우리 사회에도 적지 않게 있지만, 안타깝게도 운동권이란 이름으로 이들 전체를 매도하는 기득권 계층을 보면 답답하다. 그 독한 최루탄 가스를 맞으며 눈물 콧물 흘려 본 적도 없는 사람들이, 그들의 고통으로 남긴 열매를 고스란히 독점적으로 누리는 동네가 앞장서서 운동권이라면 치를 떠는 모습을 볼라치면 대한민국을 떠나고 싶은 심정이다.

내가 일생 동안 늘 감사하는 5%의 이탈자가 있다. 바로 '천주교 정의 사제 구현단'이다. 궂은일 생기면 몸을 숨기다가 편한 세상이 되면 나서서 남의 공을 가로채는 일부 개신교 목사들과는 다르다.

벤츠 타는
웨이트리스

· · · · · ·

1년간 캐나다 동부의 서민적인 식당인 Chilliwack Restaurant에서 매니저로 일하는 동안의 기억으로 아주 특별한 홀 서버를 떠올린다.

이름은 그레이스(60세 정도의 독신녀), 보통의 서버들은 시간당 팁으로 30달러 정도를 버는데 이 사람은 60달러는 족히 버는 것 같다. 그 비결은 무엇일까? 손님들이 유독 그녀에게는 높은 팁을 주기 때문이다.

더 구체적으로는 그녀의 봉사에 감동하기 때문인데, 예를 들어 어떤 손님이 오므라이스를 주문하려 하면 계란의 노른자는 문제가 없는지 반문하여 손님이 머뭇거리면 "흰자로만 해 드릴까요?" 하고 제안한다. 사실 노른자를 싫어하는 사람들이 꽤 많기에 마다할 이유가 없는 것이다.

보통 오므라이스는 계란 2개만 깨며 되는데 흰자로 할 경우엔 계란 5개를 깨서 노른자를 버려야 하니, 품도 많이 들고 원가도 비싸기에 주방에선 싫어하기 마련이다. 이렇게 서비스하려면 주방과의 마찰은 불가피한데 반하여 손님은 대만족하게 되어 있는 것이다. 팁이 많아지리라는 것은 불문가지.

매사 이런 식이다. 이렇게 되니 많은 손님들이 그레이스를 찾게 되고,

그러니 주인은 그레이스를 무시할 수가 없다. 그런데 누구나 그레이스처럼 하면 될 것 같지만 사안이 그리 녹녹치 않은 게, 주방과의 갈등을 이겨 낼 만한 뚝심이 있어야 한다는 것이다. 보통 강심장이 아니면 감당키 어려운 이유는 식당의 주도권은 주방이 갖고 있기 때문이다.

일터에서 누구보다도 치열하게 살아가는 덕분에 최고급 콘도에 최고급 자동차를 타는 그레이스가 문득문득 생각나서 나를 빙그레 웃게 한다. 하나의 또 다른 삶의 모델을 제시하기 때문이다.

그 순간

어려서부터 카메라에 찍히는 것도 싫고 찍어 주는 것도 싫었던 탓에 나는 사진으로 된 과거의 '그 순간'이 없다. 카메라가 왜 싫었을까? 나는 그 이유를 알고 있다. 뿌리 깊은 열등감 때문이다.

아일랜드의 극작가 오스카 와일드는 계속되는 실패에도 아랑곳하지 않고 '언젠가는 독자들의 수준이 높아져서 나를 알아볼 날 있으리라'고 굳게 자신을 믿은 그 믿음이 부럽기만 하다. 전남대 이무석 교수가 〈자존감〉이란 책에서 자세히 안내하고 있는바와 같이 힘과 소유에 관한 욕심이 풀려야 자존감이 강해질 수 있다는 사실에는 전적으로 공감한다.

하지만 최근에 나도 모르게 누군가가 찍어 준 그 사진 하나는 볼 때마다 힐링이 되는 소중한 '그 순간'이 생겼다. 내가 너무나도 활짝 웃는 모습이다. 나의 파안대소하는 모습이 처음엔 아주 어색한 남 같이 느껴졌지만, 보면 볼수록 즐거워지는 나를 보며 그 순간의 기록들이 중요하다는 것도 뒤늦게 깨달았다.

1839년 처음 등장했을 때, 유럽의 신문들은 한결같이 '신에 대한 도전'으로 비난하는 바람에 많은 수난을 겪었던 사진! '그 사진이 있었으면…….' 하는 내 인생의 '그 순간'들이 분명 있었는데.

하지만 나는 '그 순간'들을 다른 형태로 기록하고 있다.

1968년의 초겨울 창신동 골목길의 전파상에서 흘러나오던 〈낙엽 따라 가 버린 사랑〉을 들으며 차중락 씨의 죽음을 애도하며 눈물짓던 순간, 2002년 가을 뉴멕시코에서 지평선에 가라앉는 해를 쫓아가려고 시속 200㎞도 넘는 속도로 달려가며 목청 높이 불렀던 안치환의 〈내가 만일〉, 2008년 여름 해리슨호숫가에서 고향을 그리며 불렀던 존 덴버의 〈Take me home country road〉, 2011년 5월 교회 대예배 때에 우리가족 4인조 밴드로 불렀던 〈Miracle Generation〉 등등 수많은 '그 순간'들이 노래로 저장되어 있는데, 지금 나는 광릉숲을 산책하며 또 다른 그 순간을 만들고 있다.

내가 늘 흥얼거리는 광릉숲 산책의 주제가 〈Amazing Grace〉이다. 훗날 이 노래를 들으면 내 인생의 가장 화려했던 광릉숲 산책의 순간들이 나를 눈물짓게 할 것이다.

가족 공연

교회의 대예배 시간에 수백 명의 성도들 앞에서 'Miracle Generation'을
공연하게 되어 나는 드럼, 둘째 아들은 피아노, 아내와 둘째 며느리는
보컬을 맡고 홍익대 입구의 연습실에서 마지막 연습을 한 시간 하였다.
나 혼자서 연습하면서, 또 같이 맞추어 보는 연습 과정에서 말할 수 없
는 즐거움을 누렸다. 이 공연이 평생의 아름다운 추억으로 남는 것은
가족 간의 음악을 통한 일체감을 경험하는 희열을 맛본 것이다.
언젠가 본격적으로 홍대입구의 소공연실에서 가족 공연을 해 보고 싶다.

밴드 매니저 ~ 맏아들

베이스 ~ 맏며느리

피아노 ~ 둘째 아들

보컬 ~ 둘째 며느리

오카리나 ~ 아내

드럼 ~ 나

무능한 神

성경에는 '행동 없는 믿음은 죽은 믿음이다.'라는 글이 여러 번 나온다.

백 번 기도하면 뭐하나.

백 번 회개하면 뭐하나.

행동의 뒷받침이 없는 한 공허한 메아리일 뿐이다.

"주님 용서해 주세요." 습관적으로 요청하고, 습관적으로 용서받았다고 믿는 것이다.

쉬어야 할 일요일 날의 그 귀중한 시간에 그런 낭비를 계속해야 할 것인가! 무엇을 회개할지 생각도 안 나는데 회개를 강요한다. 그것도 무슨 죽을죄를 지은 양 눈물로 부르짖지 않으면 안 되는 분위기를 연출한다. 교회 안에는 살아 있는 흉내만이 가득한, 악취 진동하는 죽은 믿음뿐이다. 오염된 자신에게 순종하라고 염치도 없이 핏대를 세우는 성직자들. 세상에서 가장 깨끗해야 하는 교회가 잠시라도 깨끗했던 적이 그 긴 역사 속에 있었던가?

무능한 신이 원망스럽다.

교회 쇼핑

뉴욕 시에 살 때 1년 반 동안, 샌디에고에서 1년여 동안 퀘이커교를 비롯한 많은 종파의 교회의 예배에 참석하여 보았다. 그 가운데 기억에 남는 중요한 것을 아래 몇 가지로 정리해 보았다.

▷ 꽤 많은 종파들이 아예 목사라는 직을 없애 버리고 중직들이 돌아가며 교회를 운영하였다.

▷ 대부분의 교회들이 인종별로 모였다(독일계 따로, 아일랜드계 따로, 흑인끼리, 대만인 따로, 홍콩인 따로 등).

▷ '이단'이 없다. 한국에서 주류 개신교가 이단이라고 주장하는 종파도 거기서는 어엿한 종교로 인정받는 사실.

▷ 한국처럼 헌금의 종류나 금액이 많지 않고 단순하다.

▷ 목사도 하나의 직업이다.

▷ 한국 개신교에서 비난하는 사실 중 왜곡된 것들이 있다(예를 들면, 모르몬교의 일부다처제).

천편일률적인 한국 개신교보다는 예배 형식이나 교회 운영 방식이 다양하여 선택의 폭이 넓었다.

플러싱의 전설

뉴욕 시 퀸즈보로의 플러싱의 공영주차장 앞 경찰서 옆 빌딩 지하 약 60평에 '동부의료기'란 이름으로 가계를 연 것은 1999년 1월 말경.

침대형 치료기 25대를 설치하고 자유로이 체험할 수 있도록 하면서 한 대에 240만 원을 받았다. 수입 원가의 약 3배.

원래 치료기는 FDA 승인을 받아야 하는데, 어느 세월에 절차를 밟아 승인을 받겠는가? 하여 변칙적으로 그냥 가구로 수입을 하였는데, 이 사실이 새어 나가면 안 되기에 통관 업무는 언제나 나만의 담당이었다.

매주 화요일 아침에 맨하탄의 쌍둥이 빌딩 4층에 있는 세관에 가서 통관서류를 챙기는 게 나의 중요 업무였는데 2001년 9월 11일 화요일엔 갑자기 무슨 일이 생겨 못 갔는데……. 이런 걸 천우신조(天佑神助)라고 하던가?

뉴욕시의 친구들이 한결같이 240만 원은 비싸서 안 팔릴 거라고 우려를 보였으나 난 그대로 밀어붙였다.

워낙에 많은 사람들이 새벽부터 줄을 서서 체험 순서를 기다리니까, 경찰들이 무슨 일인지 조사까지 하러 왔었고, 뉴욕의 TV는 물론, 한국의 KBS에서도 방영하기에 이르렀다.

예상을 뛰어넘는 폭발적인 인기를 얻어 졸지에 뉴저지, 필라델피아, 워
싱턴DC 등 세 군데에 더 가게를 열어 대성황을 이루게 되었다.

블랙잭 여행

다음은 내가 쓴 〈Blackjack, 카운팅 없이 이기는 비법〉의 일부분을 인용한 것이다.

블랙잭 게임의 분석

먼저 다른 게임의 하우스 에지를 보자.

크랩 약1.5%

바카라   1.2%

룰렛 5.3%

슬럿 3% 이상

케노 25% 이상의 에지들은 거의 고정적인 에지임에 반하여, 블랙잭의 경우에는 플레이어의 선택의 질에 따라 에지가 크게 움직일 수 있는 것이 특징이다. 서투른 플레이어는 약 2% 이상의 하우스 에지를 허락하는 반면, 기본 전략만이라도 잘 운용하면 0.5%내지 1.0%이상, 카운팅을 하면 하우스 에지를 확실히 -0.5%로 역전시킬 수 있는 묘미가 있는 게임이다. 한번 샤플하여 여러 번 게임을 하므로 남아 있는 카드의 수가 줄어들면서 많은 변수를 발생시킬 수 있는 게임이다.

구체적으로 분석해 보자.

카지노의 유리한 점 7.99%(이하 8%로 기술)

플레이어가 먼저 결정하는 것은 이처럼 큰 불리를 안고 들어가는 것이다.

플레이어의 유리한 점	7.5%
Ⓐ 블랙잭일 때 1.5배	2.25%
Ⓑ 적절한 히트/스탠드 결정권	3.25%
Ⓒ 더블다운 권리	1.5%
Ⓓ 스플릿 권리	0.5%
계	7.5%

그래서 결론적으로 플레이어는 약 0.5% 불리하다고 보는 것이다.

다음에 나오는 0.5%를 만회하기 위한 전략을 숙지하기 바란다.

게임과 노름의 차이는 무엇일까?

확률적으로 이길 가능성을 갖고 하는 것은 게임이고, 확률적으로 열세이기 때문에 어느 정도는 운에 기대는 것은 노름이다.

카지노가 돈을 많이 버는 이유는 손님들이 잃기 때문인 것은 자명한데,

그럼에도 불구하고 문전성시를 이루는 것은 '될 것 같은 유혹' 때문이다. 카지노 게임 중에서 손님에게 가장 유리하다는 블랙잭 게임조차도 라스베이거스 룰대로 한다면 수학적으로 손님이 0.5% 불리하며, 리노를 비롯한 타 지역의 룰은 손님들에게 더욱 불리하다.

0.5%란 손님이 최고의 작전을 적용했을 때의 이야기인데, 보통의 손님들은 전략을 이해조차 못하고 덤비는 꼴이니 승부는 불문가지. 내가 쓴 〈카운팅 없이 이기는 블랙잭 비법〉을 다 동원한다 해도 비기는 정도에 불과하다.

나는 나름 상당히 연구한 전문 겜블러라고 생각되어 카지노에서 잃는 것을 치욕이라 생각하는데, 우연히 2014년 초 친구들이 마카오에 놀러 간다고 하여 따라나섰다가 세계 최대라는 베네치안 호텔 카지노의 블랙잭 테이블에 앉게 되었다. 일단은 몇 라운드를 구경하면서 나름의 전략을 구상하고 있는데, 아무리 생각해도 전체 전략표가 선명하게 머릿속에 그려지지 않아서 결국 한 번도 해 보지 않고 나왔다. 가장 머리가 맑을 때에 전략을 정확히 구사해도 될지 말지이기에…….

2011년 친구 딸 결혼식에 참석하러 밴쿠버에 갔을 때의 일이다. 당연히 카지노에 들를 수밖에 없었는데, 공항카지노, GM 플레이스 카지노, 버나비 카지노, 코퀴틀람 카지노, 랭리 캐스케이드 카지노를 거쳐 결국은 서스캐처원 주에 가까운 레스브릿지까지 동진(東進)하면서 즐겼는데 전문가라는 나조차도 그냥 즐기는 정도로 잃지도 따지도 못하는 팽팽한 대결을 펼쳤었다.

카운팅을 하여 내게 절대 유리한 지점을 확보하여 전략을 펴지 않는 한 그럴 수밖에 없다. 그렇다면 '카운팅을 하면 되지 않는가?'라고 반문할지 모르겠는데, 카운팅이란 게 그리 쉬운 것이 아니고 더구나 몇 년 만에 하는 게임에서는 더더군다나…….

만일 지금 약 몇 년 만에 다시 테이블에 앉는다면 어떻게 될까? 한마디로 하우스의 상대가 안 된다는 것이다.

그렇다면 이제 블랙잭과는 영원히 이별해야 한다는 것은 당연한 결론이다.

옐로스톤 국립공원의 자작나무 숲에서

미니밴 플리머스를 타고 북미 구석구석을 3년 반 동안 누비고 다니기를 200,000km!

~무능한 神~

미국에 살기 싫다

- 내가 미국에 정착하지 않았던 몇 가지 이유 -

• 1985년 처음 뉴욕으로 출장을 갔었을 때에 가장 의아하게 생각했던 것은 거리에서 서울에서보다 더 백인들의 얼굴이 안 보인다는 것. 1998년에 아예 살러 뉴욕에 갔을 때도 여전히 백인들은 보이지 않았다. 이 궁금증이 풀린 것은 사업차 쌍둥이 빌딩이나 메트라이프 빌딩을 방문했을 때였는데, 빌딩에 들어서자 그 귀한(?) 백인들이 우글거리고 있었기에 '아! 그랬구나!' 그리고 롱아일랜드지역을 드라이브하다 보면 그네들 동네는 입구부터 삼엄(?)하여 근접이 어려워, 또다시 '아! 그랬구나!' 한마디로 그네들은 따로 놀고 있었던 것이다. 유색과는 상종도 않는 것.

미국에서 가장 살기 좋은 곳으로 언제나 1등하는 캘리포니아의 산타바바라에 가서 살고 싶어서 갔는데, 완전한 백인 마을이었다. 세탁소만이 유색인이 일할 정도로 유색인이 살 수 있는 동네가 아니었다. 지나친 얘기일지도 모르지만 그네들은 많은 수의 유색인종들을 그네들을 위한 서비스업(세탁소등)에 하인같이 종사케 하고, 천만 명이 넘는 불법 체류자들을 저임금의 노예로 부리고 있다고 보인다.

트럼프가 헛소리한다고 난리이지만, 그건 사실 헛소리가 아니라 백인들이 하고픈 말을 대변하고 있다는 데에 주목해야 할 것이다.

• 주류사회에 진입한 한국인들은 몇 명이나 될까? 의사, 변호사, 세무사라고 해도 한인 동네에서 한인들을 봐주는 사람들이 적지 않은 현실, 뭐가 모자라서 그 똑똑한 한국인들이 변방에서 살아야 하나? 물론 제도적으로는 다 오픈되어 '기회의 땅'이라고들 하지만, 기회는 바늘구멍만 한 것 같다.

• 다른 문화에의 적응이 쉽지만은 않다. 음식이 짜고, 조명이 어둡고, 카펫이 불결하고, 치안이 불안한 상황 등이 도대체 마음에 들지 않는다.

• 도덕적으로 무너진 사회이기에 더 이상 기대할 수 없는 나라이다. 이유가 안 되는 이유를 갖고 일으킨 이라크 침공을 보라. 그렇게 잔인할 줄은 정말 몰랐는데, 실망이 컸다. 월가의 부패를 규탄하는 데모가 맨해튼에서 있었을 정도. 미국이 주도하는 자본주의는 가난뱅이를 양산하는 이상한 방향으로 치닫고 있어서 그 끝이 얼마 남지 않은 듯 보인다.

어려운 여건 속에서도 대부분의 한국이민자들은 훌륭히 성공하여 나라를 빛내고 있습니다. 이 글은 지극히 나의 주관적인 생각일 따름이다.

이 민 자 의 恨

- 나이아가라 폭포가 창밖 아래로 황홀하게 펼쳐지는 힐튼 호텔 스카이라운지의 사장이 1985년 당시에 성공한 30대의 한국 이민자 젊은이였다. '이렇게 좋은 곳에서 성공도 했으니 얼마나 좋겠는가?'라는 인사를 건넸더니,

"이것은 노스탈자에 대한 최소한의 보상입니다. 하지만 장사가 안 되는 날엔 저 아름다운 폭포물도 눈물로 바뀐답니다. 그리고 한국에 가서 주류사회에서 뜻을 펼치고 싶은 꿈은 날이 갈수록 점점 강해집니다."

- 캐나다 BC 주의 동쪽 끝 미국과의 국경 가까이에 있는 인구 5,000명의 Firnie에 패스트푸드 점을 내려고 인근의 Cedar Hotel에 한 달간 머문 적이 있었는데, 그 호텔의 한국인 주인은 나만 보면 끝없이 이야기 보따리를 풀어놓으며 하는 말이 "여기서 20년 동안 영업을 했는데, 이젠 귀국하여 내 나라에서 쉬고 싶지만 호텔이 팔리지 않는다."

- 뮌헨의 유명한 맥주집 호프브로이하우스 근처에서 사시미 식당을 하고 있는 한국인 K씨는 원래 사시미를 못 먹는 독일인들에게 사시미 하

면 사족을 못 쓰게 만든 사람인데, 한국에 돌아가고 싶어 매일 눈물짓는다고 내가 갈 때마다 하소연하였다.

• 시드니의 관광 가이드가 한 말이 생각난다.
"유학 왔다가 학비가 모자라서 당장 수입이 있는 가이드로 일한 지 벌써 10여 년인데, 한국의 친구들이 사회의 중심에서 훌륭하게 성정하는 모습을 보면 괜히 눈물이 난다."

남의 나라에 산다는 것이 그리 만만한 것이 아니다. 내가 만난 거의 모든 이민자들은 크건 작건 한(恨)을 안고 살고 있었다.
그 똑똑한 사람들이 주류사회가 아닌 변두리에서 살려고 하니, 말 못하는 사연이 왜 없겠는가?

나의 경우에는 매일 퇴근해서 연속극을 못 보는 게 참으로 아쉬웠다. 그래서 화요일 아침이면 테이프 대여점에 뛰어가서 드라마 〈여인천하〉 테이프를 빌려 보는 게 큰 낙이었다. 사소한 게 너무나도 큰 것으로 부각되었다.
방송을 못 알아들으니 이형택 선수가 지척에 있는 운동장에서 열리는 US 오픈 8강 경기도 못 가 보는 이 슬픔! 몸은 미국에 있지만 마음은 늘 서울 하늘을 맴도는 방랑자였던 것이다.
하지만 이젠 말 그대로 '세계는 한 가족' 시대에 접어들어 어디서 무엇을 하며 살든 일반적인 상황이 전개된다. 대한민국에 산다고 한이 없는 것도 아니고. 특별한 몇 가지 예를 들었을 뿐이다.

~무능한 神~

우리사회에도 다문화 정서가 정착되어가고 있는데, 그 사람들에게 특별히 친절하게 대해 주어야 하겠다.

제1 우수 민족

내 친구 한 사람이 뉴저지 저지시티의 한 네거리 모퉁이에서 홈플러스 정도 크기의 대형 소매점을 운영하고 있었는데, 어느 날 느닷없이 네거리의 대각선 모퉁이에 같은 규모의 대형 가게가 오픈하였다. 유태인이 도전장을 내민 것이었다.

그로부터 한 1년 동안 처절한 혈투를 벌였는데, 결론은 내 친구의 승리. 이런 예는 수도 없이 보아 왔다. 인도인이건 중국인이건 1:1로 붙으면 한국인을 당할 종족은 없어 보인다.

주한 일본대사를 역임한 스노베 씨는
"한국인 1명과 일본인 2명이 붙으면 한국인이 이기지만,
한국인 2명과 일본인 1명이 붙으면 일본인이 이긴다."

공감이 가는 표현이다.
뉴욕 플러싱의 7번 지하철 종점 부근은 원래 한국인들의 마을이었지만, 지금은 밀리고 밀려 메인스트리트 일대가 중국 타운으로 바뀌고 말았다. 단체 게임에는 약하다는 작은 예에 불과하다.

하지만 전체적으로 보아 한국인의 우수성은 타의 추종을 불허한다. 성실성이나 창의력이나 정직성 등 모든 면에서.

무역 10대국을 보면 대한민국을 제외한 나라들은 모두 제국주의로 식민지 착취의 역사 위에 이룩하였지만, 우리는 순수한 우리의 땀으로 이뤄낸 결실이다. 기적이 따로 있나?

하지만 지금의 삐뚤어진 교육시스템이 지속되는 한, 우수성의 종말은 아주 가까이에 오고 있음을 알 수 있다.

이 세상은 쉬는 곳?

19세기에는 이 세상이 '일하는 곳'이었다. 눈 떠 있는 동안엔 일해야만 했던 시대로, 근면이야말로 최고의 선이었다. 가브리엘 샤넬은 심지어 '일하는 것이 쉬는 것이다'라고까지 하였다.

하지만 21세기에 들어와서는 완연히 분위기가 바뀌었다. 이 세상은 쉬는 곳으로. 그래서 느림의 미학이니 게으름의 찬양이니 하는 새로운 말들이 세상에 등장했고, 여가는 더 이상 나태가 아니라 여가를 잘 보낼 수 있는 기술을 배워야 하는 시대가 되었다.

여백이 많은 삶이야말로 최고의 삶으로 자리 잡은 이 시대에 휴식까지 신의 흉내를 내려고 한다. 즉, 일곱 번째 해도 안식년이라는 구실로 1년 통째로 쉬려고 한다.

사실 휴식의 본능은 대자연이 동물들에게 준 선물이며, 동물조차도 1시에서 3시까지는 조용한 휴식을 즐긴다.

하지만 여전히 시간 빈곤층은 한국의 임금 노동자의 42%를 차지하고 있으며, 그네들에게는 휴식이란 아직 꿈같은 이야기이다.

수렵과 채집으로 생활하던 옛날에는 지금의 우리처럼 장시간의 노동에 몸을 바치지 않았다. 하루 2-3시간의 노동만으로 집단생활을 꾸려 갔던 것이다. 그러면 나머지 시간에는 무엇을 하면서 지냈을까? 아마도 별을 보며 아이들과 놀이를 하며 즐겁게 지내지 않았을까?

현대의 우리 사회가 발전을 거듭하여 풍족하고 행복한 삶을 누리게 되었다는 생각은 어쩌면 하나의 환상에 불과할지도 모를 일이다. 오히려 러셀의 〈게으름에 대한 찬양〉이 피부에 와 닿는다.

영혼이 따뜻해지는
이야기들

• 파리의 교외에서 한 학생이 버스에서 내린다. 내린 지 2-3분이 지났는데도 버스는 갈 생각을 하지 않는다. 그렇다고 승객 중 어느 누구도 재촉하지 않는 것이 궁금하여 밖을 내다보니, 버스의 서치라이트가 칠흑같이 어두운 학생의 앞길을 환하게 비추어 주고 있었다.

• 고등학교 1학년 시절 교환학생으로 필라델피아 고등학교에 6개월간 갔었을 때, 담임이었던 스티브 선생님은 점심시간마다 "아내가 너무 많이 싸 주어서 골치야, 이거 좀 도와줘." 하면서 샌드위치 한쪽을 떼어 주는 것이 아닌가! 사실 60년대에 점심을 사 먹기에는 우리 모두 너무 가난했었던 때, 더구나 미국에서. 5월 말에 송별 식사를 하는 중에 옆반 선생님이 스티브 선생님한테 "스티브, 언제 총각신세 면할 거야?" 그 대화를 듣고 흐르는 눈물을 주체할 수가 없었다.

• 취리히의 시내버스는 승차권을 검사하는 사람이 없어서 마음만 먹으면 얼마든지 그냥 탈 수도 있다는 사실을 안 것은 30년 전. 이후 세계의

여러 도시들이 이런, 또는 이와 비슷한 시스템을 가동하고 있다는 사실을 알았다.

어찌 보면 하잘것없는 이 아름다운 이야기들을 수십 년간 보물처럼 고이 간직하는 것은, 언제나 어디서나 이 이야기를 생각할 때면 내 영혼이 따뜻해지기 때문이다.

활명수

서양에 아스피린이 있다면 대한민국에는 활명수가 있다. 난 우리나라에 활명수가 있다는 것을 자랑스러워한다.

현호색이 필 때면 내가 가장 공들이는 해설이다. 그 아름다운 꽃이 활명수의 원료가 된다는 사실에 더더욱 반하게 된다.

활명수는 호프만이 아스피린을 만들기 이전에 태어난 한국 최초의 서양식 특허약으로, 120년이 지난 지금까지도 인기를 누리는 살아 있는 약이다. 일제 강점기시대에는 이익금이 고스란히 독립운동 자금으로도 보내진 애국의 약이다.

하루가 다르게 발달하는 이 시대에 약의 수명이 120년 이상을 지속한다는 것은 가히 기적에 가까운 일이다.

~무능한 神~

아미쉬공동체가
답이 아닐까?

국립수목원 가까이로 이사하면서 '아! 단순한 생활로 가까이 가는구나!'
내심 쾌재를 불렀지만 사실 4년 가까이 지난 지금 돌아보면 생각했던
만큼의 큰 진전은 없었다.
예이츠의 시를 옮겨 보면,

이제 허리를 들어 돌아가야지.
흙과 나뭇가지로 집을 짓고,
한 모퉁이에 콩을 심고,
꿀벌 통을 놓아두어 조용히 살아가야지,
벌이 나는 소리를 들으면서.

그렇다, 이번에는 꼭 돌아가야지,
호반에 밀려오고 밀려가는
잔잔한 물소리가 귀에 쟁쟁하도록."
'뭐 그리 복잡하게 살 것 있나?' 하는 의문이 늘 나를 단순화로 나아가게

하는 동력이다. 그래서 가장 심플한 생활을 300년이 넘도록 지속하고 있는 아미쉬공동체를 알아보기로 했다.

17세기 말경 윌리암 펜이 정치와 종교로부터 자유로운 지상낙원을 건설하고자 자신의 이름 '펜'에 '숲'을 의미하는 '실베니아'를 더하여 '펜실베니아'라고 이름 짓고 땅을 나누어 주었는데, 이 소식을 접한 스위스와 독일의 경계에 있는 산간 지방의 침례교파 사람들이 종교박해를 피하여 이곳으로 이주하게 되었다. 이때부터 300년이 넘는 지금까지 외부와 단절된 독립된 문화와 전통을 이어 오는 곳이다.

세금은 내지만 국가의 복지혜택이나 의료보험 서비스는 일절 받지 않으며, 일상용어는 영어가 아닌 자기네 특유의 언어를 사용하고, 가장 중요하게 생각하는 물건은 가족 간의 대화를 할 수 있는 식탁이다.

그리고 ONE ROOM SCHOOL도 빼놓을 수 없는데 8학년 전체가 28평(우리나라 보통 교실은 20평) 교실에서 한 선생님의 지도 아래 같이 수업하는 학교로, 학력이나 이력이 필요 없으므로 지식보다 덕을, 경쟁보다 공동의 번영을 추구하는 교육을 실시한다. 12년 의무교육인 미국 법을 따르지 않고, 8년 교육이 전부다. 책을 많이 읽는 것으로도 유명하다.

최고의 축제는 결혼이지만 너무나도 검소하고, 이교도와 결혼하지 않으며, 만일 이교도와 결혼할 경우엔 떠나야 한다. 이혼하면 추방하고 사별하면 재혼이 가능하다. 노인을 끝까지 모시기 때문에 양로원이나 요양원이 없고, 전기가 들어오지 않으므로 TV나 컴퓨터도 없고, 청년이 되면 남을 것인가 떠날 것인가를 물어 선택의 기회를 주지만 대부분이 남기를 원하는 곳.

2006년 10월에 우유를 수거해 가는 운전사가 학교에 들어가 10여 명의 어린이들에게 총을 난사하고 자신도 자살한 사건이 있었는데, 이때에 나이 많은 소녀 학생이 어린 동생 앞에 나서며 나를 쏘라고 외치며 "Forgiveness"라는 유언을 남겼는데, 나중에 주민들이 운전사 가족을 초청하여 위로하며 용서하였다는 믿기 어려운 일화도 있다.

나도 한 차례 목격하였지만 옷차림새가 워낙 독특하여 금방 알아볼 수가 있다. 남자는 턱수염을 기르고 여자는 두건과 앞치마를 두른다. 차를 사용하지 않고 마차조차도 꼭 필요할 때만 사용하는데, 이런 모습들은 1900년대 중반까지만 해도 외부 세계와 큰 차이가 없었지만 지금은 시대를 거슬러 올라가는 아주 다른 골동품으로 남아 있다. 워낙 오랫동안 근친결혼으로 이어져 왔기에 지금은 DNA상으로 많은 문제가 발생하고 있단다.

문제는 이러한 생활을 하는 사람들이 외부 세계를 어떤 시각으로 보고 있는지, 또 정말 이렇게 단순한 생활을 하는 것을 행복하게 생각하는지가 궁금하지만, 극한의 경쟁과 극도로 부패한 한국 사회 속에 있는 나로서는 부럽기 짝이 없다.

내가 15살 무렵(정확히 기억이 나는 나이)의 세상과 반세기가 지난 지금 세상을 비교해 보면, 행복 지수에서는 비교할 수 없을 정도로 극도의 혼란 속에 빠져 있다고 보인다.

문명의 발달을 일정 수준에서 자제한 그네들의 선택이 시한폭탄 앞의 풍전등화인 현대의 문명의 타락에 대한 답이 될 것이다. 문명이 성장한 것이 아니라 살만 찌워 각종 병으로 죽을 날만 기다리는 꼴이 아니고 무엇이란 말인가? 그 한 예를 들어 보자.

30여 년 전에 펜실베니아 주 주도인 해리스버그 시민 14만 명이 피난했던 것은 홍수 때문이 아니고 인근의 3마일 섬에 있는 핵발전소의 고장 때문이었다. 만일 냉각펌프의 고장이 고쳐지지 않았다면 체르노빌 사고 같은 재앙이 벌어졌을 것이다. 혼비백산한 미국은 그 이후로 핵발전소를 건설하지 않았다.

후쿠시마 1호기는 30년 설계수명을 10년 연장하였다가 체르노빌보다 훨씬 참혹한 인류 역사상 가장 참혹한 3·11참변을 당했다. 스웨덴, 프랑스, 독일, 벨기에, 이탈리아 등 여러 나라는 핵발전소를 줄여 나가기로 이미 오래전에 결정하고 필사의 노력을 하고 있지만 우리나라는 10기 추가 건설을 밀어붙이고 있고, 바다 건너 중국은 황해 연안에 무수한 핵발전소를 짓고 있거나 계획하고 있다.

고리 1호기는 10년 연장상태로 가동하고 있으나 고장이 매우 잦은 상태! 고리의 사진을 보면 발전소 바로 옆에 마을이 있다. 믿을 수 없다. 채 30㎞도 안 되는 곳에 있는 부산 시민의 태연은 어찌 설명해야 하는가? 영광발전소에 문제가 생기면 서해는 물론 한반도 전체가 곤란해지는데, 왜 우리는 무심해야 하는가?

더구나 쉬쉬하면서 정보는 감추고 부품은 부실투성이를 쓰니 갑갑하기 짝이 없는데, 바다 건너 중국의 서해 연안의 발전소들도 설계수명은 어찌되어 가는지 핵발전소를 감시하는 시민단체 하나 없는 중국의 핵발전소의 정확한 상황을 알 수 없는 우리는 이래저래 갑갑해 미칠 지경. 우리의 운명이 점점 막다른 골목길로 접어드는 느낌이다. 가능성으로 보아 미국과 일본, 러시아에서 사고가 났으니 그다음 차례는 대한민국이

거나 프랑스일 가능성이 높다고 한다.

어디 그것뿐인가? 폐기물 처리장 문제는 더더욱 복잡한데, 경주의 방폐장은 문제가 많다는 지적을 공론화시키지 못하는 이유는 무엇인지? 핀란드의 이야기를 들으니 지하 500m의 바위 갱에 저장하려 해도 10만 년을 견딘다는 보장이 없고, 그 갱을 밀폐한 후에 '폐기물 저장소'라고 기록을 한들 수만 년 후의 후손들이 뜻을 알 수가 없을 거라며 걱정하고 있단다.

핵 발전을 한 전기로 화장실의 손을 말리는 호사를 누린다면, 이야말로 잘못된 것이 아닌가? 한번 핵으로 오염된 토양은 회복될 수 없다는 설명이 진정 맞다면, 우리 후손들은 이 시대의 판단착오로 인한 엄청난 재난을 고스란히 안고 신음해야 할 운명이다.

추운 겨울날 고리 앞바다에서 "가동 중단하라!"며 외치는 시민단체 사람들과 반핵강의를 통하여 계몽하느라 땀 흘리는 학자들께 감사와 존경을 표하고 싶다.

이 시대를 사는 사람들의 과오는 돌이킬 수 없는 파멸로 가고 있다. 후손들에게 어찌 고개를 들 수 있을까! 난 어둡게 살아도 좋고 많이 불편해도 좋다. 이런 무자비한 핵공포에서 벗어날 수만 있다면…….

아미쉬공동체의 생활이 답이 될 것이다. 문명은 성장한 것이 아니라 살만 찌운 것이다.

뜻밖의 귀한 손님

• 선생을 그만두고 한일합섬㈜에 근무할 때 웬 예쁜 대학생이 날 찾아 왔는데, 그 학생은 1969년부터 1972년까지 초등학교에서 4년간 내리 내가 담임한 권은민 양이다. 물어물어 수소문하여 시청 앞의 내 사무실 까지 찾아와서 눈물을 글썽이며 반가워 하던 그 학생은 그때 만나고는 지금까지 40년이 넘도록 만나지 못했지만 '어디서 어떻게 살까?' 늘 내 가슴 한구석에서 그리워진다. 중요한 때에 4년씩이나 담임했으니 어떤 인물로 성장했을까 궁금해지는 것은 당연.

• 2011년에 둘째 아이의 혼인식이 서울대학교 안에 있는 예식장에서 열 렸는데, 그 불편한 곳까지 뜻밖의 손님이 찾아왔다. 그는 내가 처음 초등 학교 교사로 발령받고 담임한 1969년 당시의 3학년 학생 채동원 군이었 는데 42년 만에 만난 중후한 50대의 신사였지만 첫눈에 알아보았다. 당 시의 어린 3학년 학생인 동원 군이 스승의 날에 선물로 내게 준 조그만 비 타민 봉지 겉에 쓴 "건강하세요."라고 쓴 문구는 지금도 또렷이 내 기억에 남아 있는 소중한 추억이다. 1분도 안 되는 만남의 시간이었지만 너무나도 소중하고 기쁜 만남이었다. 경황 중에 명함을 못 챙긴 것이 못내 아쉽다.

-무능한 神-

알파고의 충격

．
．
．
．
．
．
．

　2016년 3월 9일은 터미네이터의 현실 출현을 목격한 날로 기억될 것이다. 수많은 경우의 수를 갖고 있는 바둑에서만은 안 될 것이라고 생각했던 나에게는 큰 혼란으로 다가왔다. 지금도 충분히 격동기의 혼란을 겪고 있는데, 이렇게 되면 과연 어떤 미래가 펼쳐질 것인가를 생각하니 더욱 아찔해진다.

　하지만 사진이나 영화가 처음 나왔을 때에도 일종의 공포감 같은 충격을 받았지만, 결국은 좋은 쪽으로 정착하지 않았는가? 다만 이제부터는 데이터를 종합 · 분석 · 활용하는 것이 아주 중요한 시대에 와 있고, 감성이나 창의성이 보다 중시되는 시대가 열렸다고 보이는데, 우리나라의 왜곡된 지금의 교육 시스템으로 시대에 부응하기는 어려운 것 같아 걱정스럽다.

　내가 정작 놀란 것은 아직 매출도 없는 회사에 미래 가치만 보고 4억여 달러라는 거액을 베팅하는 구글(Google)의 놀라운 결단력이다. facebook이 단시간 내에 엄청난 부를 일구어낸 것에 충격 받았던 나는 알파고에 또다시 놀라고, 연이어 역시 구글의 작품인 '포켓몬 고'의 대

약진에 기절할 지경이다. IT강국이라는 대한민국은 어디서 무얼하고
있는지.

타임지가 뽑은 20세기 최고의 인물

내가 뽑은 20세기 최고의 인물

함평엑스포 공원
만세

지금까지 인간의 스케일의 크기와 예리한 판단력에 압도되어 충격을 받은 곳으로 사우스타코타의 러쉬모어 산의 조각이나 뉴욕 시의 부르클린 다리, 또는 샌프란시스코의 금문교 같은 곳이 있는데, 우리나라에도 거기에 전혀 손색이 없는 발상의 천재가 있었다는 것을 전라남도 함평에 가 보고 알았다.

도시 중심지의 가까운 곳에 그토록 거대한 규모의 테마 공원을 조성하여 대한민국을 넘어 온 세계의 주목을 받고 있다니, 이 시대가 추구하는 창조의 걸작을 탄생시킨 함평인들게 박수를 보낸다.

치료하지 않는
캐나다 병원

캐나다 BC 주의 해리슨에 있는 서양식당 매니저로 일한 지 며칠 되지 않아 기계조작을 하다가 손가락을 다쳐 1시간 거리의 칠리왁 병원 응급실로 가서 치료를 받고 왔는데, 며칠 지난 후에 보니 상처가 낫기는 커녕 오히려 덧나서 고름이 맺히기 시작하여 다시 찾아갔더니 의사 왈 "그냥 내버려두라, 한 5일 지나도 계속 그 타령이면 다시 오라."는 것이었다.

멀리까지 갔는데 치료도 못 받고 돈만 200달러 버리고(응급실은 일단 문을 열고 들어가기만 하면 200달러를 기본으로 내야 함) 그 말만 한마디 듣고 섭섭한 마음을 달래며 돌아왔는데, 며칠 지나니까 아무 일 없었던 듯 말끔히 나았다.

항생제 사용을 극도로 제한하며 자생력에 의존하는 자연치료방법이 언제쯤 우리나라에도 정착될 수 있을까.

~무능한 神~

All mine to give

한국에서는 〈내 모든 것을 다 주어도〉란 이름으로 상영된 50년 전의 영화인데, 내 일생에 가장 감명 깊은 기억에 남는 이야기이다. 대강의 줄거리는 이렇다.

젊은 부부가 미국으로 이민 가서 아이 여섯을 낳고 부부 모두 죽는다. 10살 남짓 되는 맏이는 동생들을 어떻게 보살필까 고심하는데, 마을 어른들 회의에서 한 가정이 한 아이씩 데려가 키우기로 결정하고 데려간다. 맏이는 동생들이 걱정되어 눈이 오나 비가 오나 매일 저녁 동생들의 집을 방문하는데, 머나먼 집과 집 사이의 깜깜한 길에서 엎어지며 쓰러진다. 동생들이 하나같이 구박을 받으며 형(오빠)이 보고 싶다고 떼쓰는 모습에 안타까워 발을 동동 구르는 장면, 그리고 그의 발자국을 지우는 함박눈!

지금도 이 영화를 생각하면 40년 전의 그 감동이 조금도 여려지지 않은 채 눈물이 흐른다.
여섯 아이를 남기고 가야 하는 엄마가 마지막으로 맏이를 불러 동생들을 부탁한다고 유언하는 장면은 지금도 너무나도 선명하게 나를 울린다.

-무능한 神-

관행의 폭주

얼마 전에 어떤 대기업의 재판에서 '분식회계는 재계의 관행이니 봐줘야 한다.'라는 기사를 보았고, 그래서 많은 회사들이 대출을 더 많이 받기 위해 회계를 조작하고 있다는 사실도 나는 그때 처음 알았다.

당시 중소기업을 경영하고 있었던 나는 상상도 못할 일이었기 때문에 어안이 벙벙하였다. 분식회계란 어떤 회계를 말하는가? 회계사기 아닌가? 왜 알기 쉬운 말을 놔두고 그렇게 어려운 말을 써야 하나?

요즈음 학계, 체육계, 미술계 등에서 또다시 '관행이니 괜찮다.'라는 말이 등장하여 사람들을 혼란스럽게 하고 있다. 대학 교수란 사람까지 나서서 관행이니 문제 삼을 것 없다고 주장한다.

그렇다면 관행은 진실 위에 군림하는 영원한 독재자란 말인가?

제발 이제 관행이니 봐달라는 말은 그만하고 진실만을 갖고 얘기하자.

화재로 무너진 날

1972년 교사직을 그만두는 기념으로 큼직한 행사를 하나 기획하였는데, 그것은 어린이 신문을 팔아 뭔가 기념비적인 추억을 남기는 것이었다. 당시 어린이 신문으로 소년조선일보, 소년한국일보, 소년동아일보가 있었는데, 6학년 10반 100여 명의 우리 반 학생들을 3개조로 나누어 각 신문사의 기자 겸 판매원으로 활동하게 하였다. 그런데 놀랍게도 뜻하지 않게 신문사 간에 경쟁이 일어나 엄청난 판매부수를 올리게 되었다. 5,000여 명의 전교생이 거의 모두 신문을 읽게 되었는데, 그 이유는 매일같이 우리 반 기자들의 기사가 3개 신문에 나갔기 때문이다.

12월이 되어 기자들(우리 반 전원)은 3개 신문사를 방문하며 큼직한 선물을 챙긴 것은 물론이고, 그 위에 각 신문사에서 학급행사를 위한 지원을 해 주겠다고 제의해 와서, 생각 끝에 큼직한 학예발표회를 갖기로 하였다.

12월 한 달을 열심히 연습하여 크리스마스를 며칠 앞두고 강당에서 발표회를 하게 되었는데, 신문사에서 대대적인 광고를 해 준 덕분에 대성황을 이루었다. 3개사의 지원과 참석자들의 성금을 모아 국군위문을 가려고 이미 군부대와도 스케줄을 잡아 놓았던 것이다.

90분 정도의 발표회 중 거의 마지막 순서에 있던 장수무대(이 행사의 하이라이트) 순서를 진행하는데 갑자기 무대 뒤편에서 검은 연기가 사정없이 솟아오르며 연기와 냄새가 삽시간에 강당을 채우는 것이 아닌가?

무대 뒤편에 서 있던 나는 엉겁결에 본능적으로 눈 질끈 감고 연기의 진원지인 콘센트를 뽑았다. 다행히도 연기는 멈추었지만 이미 강당의 유리창은 다 깨진 뒤였고, 객석은 아수라장으로 변해 있었다. 불과 1분도 안 되는 시간에 불길도 나지 않는데, 상황은 걷잡을 수 없이 커진 것이다. 게다가 잠시 후 불자동차며 경찰차까지 왱왱거리며 나타나니, 사태는 심각해지고 말았다.

30여 분 후 연기가 어느 정도 사라진 뒤의 현장은 40여 년이 지난 지금 조금도 퇴색되지 않은 채 내 기억에 선명하게 남아 있다. 학부모들이나 학생들이 저마다 흐느끼고 있었던 것이다. 뭘 어찌해야 하는지 도무지 감당이 되지 않았던 나는 그냥 학교를 빠져나와 정종 됫병 하나를 시키고 마시기 시작하였다. 이상하리만큼 마셔도 마셔도 취하지 않았다.

어둑어둑해질 무렵에 단칸셋방에 돌아오니 어머니께서 나를 보더니 너무나 놀라시기에, 거울을 보니 이마에서 피가 줄줄 흐르고 있었고 옷도 엉망이었다. 인사불성으로 어딘가에 부딪친 것도 몰랐던 것이다.

막강한 언론사들이 수습해 준 덕분에 사후 정리는 쉽게 처리되었지만, 내게는 영원한 미결 사건으로 남아 있다.

그리고 나의 교사생활은 그렇게 끝이 났다.

부르클린의 추억

이 민족은 누구일까요?

세계인구의 0.2%이지만 노벨상의 22%를 탔고 Ivy학생의 23%를 점하며, 미국 부호의 40%, 뉴욕에 200만이나 사는 민족, 아인슈타인이나 에디슨.

유대인이지요.

내가 뉴욕에서 의료기 사업을 할 때에 여러 번 의료기를 세팅하고 시연해 보이기 위해 부르클린에 있는 유대인들의 집을 방문하였는데, 한결같이 점잖고 검소하기 짝이 없는 데에 놀랐던 기억이 난다. 그런 그네들의 고유명사인 Jew가 별로 좋지 않은 이미지의 보통명사 jew로 된 연유는 무엇일까?

• 금요일저녁이면 그네들 특유의 복장을 하고 모여서 회당에 가는 모습은 흔하게 눈에 띠는 장면인데, 너무 단결력이 좋으니까 시샘을 받는 것일까?

• 지나치게 우수하기 때문일까?

• 그네들의 역사서에 불과한 구약, 어느 민족이나 역사는 자기 민족 중심으로 쓰여지는 것은 당연한데, 그 구약이 세계인들의 경전이 되면서, 신의 사랑을 독점하는 데 대한 불만으로부터 온 것은 아닐까? 그런 예는 요셉이나 이방석에게서도 찾을 수 있다.

• 미영이 주도한 이스라엘 건국 당시의 너무 갑작스런 무리수?

여러 이유가 있을 수 있겠으나 그네들이 겪은 상상이상의 고초는 그네들 입장에서 보면 억울하기 짝이 없을 것이다.
인간의 잔인함을 생각하면, 인간은 자연과 더불어 살아갈 동물은 아닌 것 같다.
인간들이 모인 곳은 평화가 없다.

기막힌 반전

200여 년 전에 뉴욕 주에서 시작된 몰몬교는 이후 기존의 개신교들의 박해에 못 견디고 서쪽으로 도망을 가게 되는데, 모세의 시나이반도의 방황에 비견될만한 눈물겨운 수십 년의 방황의 세월을 보낸 끝에 아무도 살지 못할 유타주의 사막 한 가운데의 언덕에 이르러 내려다보니 바다 같은 호수가 햇빛에 반짝이고 있었다. '아! 신은 우리를 그래서 여기까지 인도하셨구나!' 그간의 피로도 잊은 채 호수 옆에 삶의 터를 건설하였다. 하지만 물도 쓰고 고기도 잡으려고 호수에 가보고 소스라치게 놀랐던 것은 염도가 너무 높아 고기 한 마리 살지 못하는, 악취가 진동하는 사해였던 것이다.

그러나, 그 크나큰 실망은 그리 오래가지 않았다. 놀라운 반전이 기다리고 있었던 것이다. 다행히도 금값에 버금가는 것이 소금이었던 그 시대! 지금도 호수 옆에는 우유니소금사막과 비슷한 소금 평원이 자라잡고 남산 같은 소금산이 여전히 영업을 하고 있다. 솔트레이크시티가 왜 그토록 윤이 나는 도시인가도 납득이 갔다.

그로부터 2세기가 지난 지금, 다른 종파의 개신교는 급격한 하향세인데 반해 유독 몰몬교만은 연 8%의 놀라운 성장을 지속하는 이유는 무엇일까? 그것이 알고 싶어서 난 1년여 동안 출석하여본 나의 결론은, 오늘날의 개신교가 안고 있는 제반 문제들을 비교적 과감하게 개선하였다는 것이다.

일례로 개교회마다 목사라는 자리를 아예 없애버린 것을 들 수 있다.

~ 애벌레비를 맞으면 EQ가 올라간다!? ~

팁 문화

사실 약 15%의 팁을 별도로 계산하는 것은 매우 성가신 일이기에 팁을 모르고 사는 것처럼 편할 일이 없는 것 같다.

중요한 나라 중에서 러시아, 중국, 독일, 인도 사람들은 보편적으로 팁문화와는 거리가 있기에 식당에서는 특히 홀서빙하는 사람들로부터는 기피의 대상이다. 미국에서는 식당의 홀서버는 기본급(거의 최저임금 수준) +팁으로 수입을 잡는데 팁이 없으면 아주 곤란하기 때문이다. 우리네처럼 9시부터 18시까지라든가 하는 근로시간이 일정하게 정해져 있는 게 아니고, 손님이 있을 때는 일하다가 손님이 없으면 집에 가고, 다시 바빠지면 출근해야하는 식으로 근무하여, 시간당 얼마 식으로 기본급여가 정해지기 때문에 사실상 기본금만으로는 금액이 미미하다. 때문에 팁이 상당 수준이 안 되면 생계를 유지하기 어렵다. 그렇다고 이 제도는 사용자에게만이 꼭 유리한 것도 아니다. 장사가 잘 안 되어 팁 수입이 일정수준에 이르지 못하면 기본급을 올려서라도 어느 정도 생활이 될 수 있게 해 주어야 하기 때문이다. 그것이 어려우면 고용자체가 어렵다. 홀서버들은 또 나름 어떻게 해서든 고객을 감동시켜 15% 이상의 많은 팁을 받으려 애를 쓴다.

05

자유인
(libertus)

나는 왜 그토록 자유인을 꿈꾸어 왔는가?

내 인생의 황금기를 자유인으로 살고 싶다

주인으로 사는 고통

고통은 집중으로 향하는 길목

영화는 마지막 부분이 중요

자유인이 되기 위해서는 강한 힘이 필수

내가 그리는 자유인의 모습

노인을 위한 나라는 없다

자유의 여신상

자유를 생각하면 잊을 수 없는 세 장면

나는 왜 그토록
자유인을 꿈꾸어 왔는가?

– 회사 부도 사태는 나를 해방시켰다 –

나의 첫 직장은 학교 교실이었는데, 몇 년 만에 그만둔 사연은 반복되는 업무에 식상했기 때문. 좀 더 다양하고 역동적인 세상으로 나온다는 게, 당시의 최고 인기였던 종합상사의 세일즈맨이었다. 세계 각지로 날아다니며 나름 화려하게 원했던 대로 역동적인 몇 년을 보냈지만, 결국 그것은 내 의지대로 움직이는 것이 아니라 철저히 통제받는 노예에 지나지 않았다.

부득이 친구의 도움을 받아 나 자신의 회사를 세워 근 20년을 그야말로 내 성을 쌓아 입맛대로 살기는 하였지만, 또 모두가 부러워하는 중기업으로 성장도 시켰지만, 소심한 나에게는 자나 깨나 회사 걱정으로 편할 날이 한시도 없었다. 도저히 그 중압감을 견디지 못하고 독일의 W화학사에 1998년 7월 1일자로 51%의 지분을 매도하기로 계약하고 실사작업을 진행하던 중 1998년 1월 IMF라는 복병을 만나면서 부도를 내고 말았다.

경제적으로 조금은 여유 있게 살다가 갑자기 알거지 신세가 되고 나니,

– 애벌레비를 맞으면 EQ가 올라간다!? –

이 세상이 갑자기 사막으로 변하여 도저히 적응할 수가 없어서, 회사 뒷정리를 마치자마자 무작정 혼자서 애틀랜타행 비행기에 올랐다. 이때 내 나이 50. 평생의 공들인 탑이 한 줌도 안 되는 잿더미로 변하는 것을 보면서, 물질의 허무함에 치를 떨었고, 두 번 다시 이런 공허한 세상에 살지 않으리라 다짐하였다.

부도는 나를 새장에서 탈출하게 한 것이었다. 원래 내성적이라 싫다는 말은 못하고, 원래 소심한지라 남의 눈치를 너무 의식하고, 원래 모범생인지라 탈선 같은 것은 엄두도 못 내던 과거를 청산하는 것이었는데, 아는 사람 없는 미국은 안성맞춤의 땅이었다.

"역경을 만나 아무것도 배우지 못했다면 그것은 단순한 형벌에 지나지 않는다."라고 누군가 말했다. 난 부도라는 사건을 만나 마치 죄와 벌의 라스콜리니코프처럼 자유를 추구하는 집념이 생긴 것이다. 칸트의 말처럼 관습, 습관의 굴레에서 벗어나 나 스스로 내가 원하는 것을 행동으로 옮기며, 모든 것을 포맷(format)하고 begin again!

내 인생의 황금기를
자유인으로 살고 싶다

외국 생활 10년을 청산하고 귀국하여 보니, 내 나이 60!

60이란 나이? 남은 기간이 10년이 될지 30년이 될지는 알 수 없는 일이지만, 나에게 주어진 인생의 황금기가 눈앞에 펼쳐져 있다. 이처럼 아무 장애 없이 나를 백지 위에서 그릴 수 있는 때는 일찍이 없었다. 그렇다면 그토록 갈망했던 자유인으로 한번 살아 보고 죽어야겠다는 생각을 이제 실행에 옮길 수 있는 것이다.

노년의 자유(인생 제3막의 자유)야말로 내가 평생 꿈꿔 왔던 노력의 결실을 볼 수 있는 가장 멋진 모습의 자유가 될 것이라 확신한다. 내가 평생에 걸쳐 겪어 오고 배워 온 모든 것이 집약되며 활용될 것이기 때문이다.

시간은 상대적인 것이다. 남은 시간이 짧다고 해서 한탄하지 않겠다. KFC는 샌더스 대령이 65살에 창업한 회사이고, 시바타 토요는 98세에 〈약해지지 마〉란 시집을 내었다. 그리고 이치지로 아라야가 후지 산에 오른 나이는 100살이었다.

오 헨리의 〈마지막 잎새〉나 알퐁스 도데의 〈마지막 수업〉처럼 감동의 마지막 불꽃을 태우리라.

행운인가? 이제 내가 가야 할 길이 훤히 보인다.

내가 해야 할 일들이 밝히 나타났다.

선명한 만큼 방황할 일은 없어졌다.

이것은 행운이자 운명적인 것이다.

하지만, 자유인이 된다는 것이 거의 불가능에 가까운 무모한 도전인 까닭은 그것이 해탈하는 거나 다를 바가 없기 때문이다. 나도 각종 속박에서 신음하는 하나의 중생에 불과하다. 완전한 자유는 애시 당초 불가능하지만, 나 자신을 가능한 한 자유롭게 함으로써 더 큰 자유를 누리길 원할 뿐이다.

다음 인생이란 없는 것이기에 나의 모든 것을 불태우고 죽자. 마지막으로 나에게 꼭 보여 주고 싶은 나를 찾아가는 여정인 것이다. 부질없는 고집이라 해도, 건방진 교만이라 해도, 바보 같은 고생을 자초하는 짓이라 해도 어쩔 수 없다. 이제 진정한 나의 가치를 좇아 내가 동경해 온 세계로 나아갈 것이다.

인간은 습관의 동물이라고 한다. 아니, 습관의 노예라는 말이 더 어울릴 것이다. 변하는 것은 어렵다. 나뿐이 아니라 나를 둘러싸고 있는 사람들에게 각인되어 있는 나를 바꾸기란 아주 어렵다.

허영심으로 가득한 이 사회에서 나만의 고립은 어려운 일이며, 먹는 것, 입는 것, 가는 곳, 하는 일 등 모든 것을 바꾸어야 하는 큰 작업이다. 때로는 비정상이란 말도 들어야 하며, 배신자라는 말도 각오해야 한다. 그동안 나를 움직였던 거의 모든 것을 거부하고 마음 가는 대로 행동할 것이다. 나로서는 크나큰 그러나 소리 없는 혁명인 것이다.

오랜 기간의 아무 일 없이 평화로웠던 화산이 폭발한다. 숲 속의 공주
가 드디어 잠에서 깨어난다.

주인으로 사는 고통

하지만 '자유를 달라는 내면의 소리와 무엇 때문에 고생을 자초하며 바꿔야 하는가?'라며 주저하고 있는 지금의 나와 충돌하고 있다. 설사 그만한 이유가 있다고 해도 고통을 감수하기가 두렵다고 하는 소리와, 새삼 내가 내 인생의 주인이 된다고 해서 뭐가 나아지겠는가 하는 회의의 소리가 함께 압박해 온다.

사실 주인으로 살아가기란 어디 쉬운 일인가? 나의 DNA는 노예근성이 절어 있어 종으로 사는 데 익숙해 있는데, 회사 다니다가 독립해서 내 회사 운영해 보니 어디 쉬웠던가?

내가 나의 주인이라면 누구보다도 나 스스로를 잘 다루어야 마땅하다. 내 스스로가 찾기를 포기한 나를 누가 대신 찾아 줄 수 있을까? 생각에 생각을 거듭한다.

숲 속 친구들인 새들과 나무들에게 물어본다. 이것 역시 욕심이 과한 것 아닌가? 질문도 해 본다.

영화 〈위대한 인생〉의 20대 주인공의 절규가 생각난다.

"누가 내 인생에 손대려 하나? 내 인생은 내가 조종한다."

난 60대가 되어서야 그 말을 하고 있는 것이다.

그나마의 행복조차도 사라져 버릴 것 같은 두려움도 있지만 결국은,

"다 잘될 거야! 괜찮아! 한번 도전해 보는 거야! 이건 운명적인 거란 말이야! 나답게!"

'good'의 최대의 적은 'best'라고 했던가? 완벽하지 않으면 어때! 너무 잘하려는 욕심에 그동안 얼마나 주저했던가?

고통은 집중으로
향하는 길목

자유는 고통을 수반한다. 파괴 없는 창조는 없다. 고통 없는 탄생은 없다. 고통의 보기를 한두 가지 들어 본다.

지금까지 부담스러웠음에도 여러 이유로 몸담아 왔던 모임들에서 탈퇴를 감행하였다. 좋든 싫든 지금까지 나와 함께했던 크고 작은 일들은 이미 내 몸의 일부가 되어 버려서, 그것들을 잘라 내는 아픔으로 몇날 며칠을 잠 못 이루었는지 모른다.

아파트 값이 마구 뛰어오른다. 국민 대다수의 삶 속의 중대 문제가 정치놀음의 도구로 악용되는 경제 현실을 바라보며, 아무리 가난을 각오했다지만 마음이 편하지 않다. 돈이란 바닷물과 같아서 마시면 마실수록 갈증이 나는 것이라는 사실을 알고는 있지만, 그것으로부터 자유로이 산다는 것이 참으로 어려운 과제라는 것을 계속 뼈저리게 실감한다. 포기한 것에 대한 미련, 그것은 분명 관리해야 할 욕심이지만 힘든 현실은 나를 괴롭힌다.

이들 고통은 나를 잡념 없이 자유에로의 집중을 도와줄 것이다.

영화는
마지막 부분이 중요

무엇이 옳고 그른 것인지?

무엇이 장점이고 무엇이 단점이란 말인가?

무엇이 좋은 것이고 무엇이 나쁘다는 것인가?

새옹지마처럼 한 치 앞을 판단할 수 없는 우리에게 그 경계를 확실히 판단하기란 쉬운 일이 아니다. 부담스러웠던 옷을 벗어 버리는 고통, 익숙해 있던 오랫동안의 관습과의 이별의 고통은 쓰나미처럼 저항해 온다. 하지만 이 고통은 새로운 건설을 위한 초석이 될 것이며, 몸은 망가져도 깊숙이 자리 잡고 있는 마음만은 오롯이 지킬 것이다.

마술이 아닌 한, 변화에는 시간과 땀과 고통이 필요하다.

숨어 있던 내가 세상에 나오면서 겪는 산고 이후의 희열을 기대한다. 이제 기댈 언덕은 신념 하나뿐이다. 실행에 옮길수록 강력한 신념의 둑이 필요하다. 최고의 자산은 나를 신뢰하는 것이다. 나 자신 역시 신뢰를 쌓자면 좀 더 행동이 신중해져야 한다. 연극이나 영화에서도 마지막 장면들이나 대사에 온 신경을 쓰는 것은, 그 부분이 아주 중요하기 때문이다. 내 인생도 마지막 부분을 이처럼 잘 꾸미고 싶다.
안 보였던 삶의 의미가 속속 발견될 것이다.

누워 있건 서 있건 동시대를 살아가며
너무나 많은 즐거움을 준 이분들께 감사드린다.

자유인이 되기 위해서는
강한 힘이 필수

상상 이상의 에너지를 쓸 수밖에 없다.

고통을 극복할 수 있는 힘

나를 통제할 수 있는 힘

집중할 수 있는 힘

고독을 지배할 수 있는 힘

자주적으로 버틸 수 있는 힘

내가 그리는
자유인의 모습

- **마음 가는 대로 사는 사람**

서툴지라도 내 마음의 장단에 맞추어 나의 춤을 추는 사람.

내가 원하는 대로 행동한다. 내 삶의 향연에서 내가 주인공 이 되어야 한다. 남의 자유를 방해하지 않는 범위 안에서.

좋아하는 일에 집중하며, 싫어하는 일을 거부한다.

- **삶의 기쁨 찾아가기**

성경에도 항상 기쁘게 살라는 경구가 여러 차례 나오지만, 특히 이집트 인들이 죽은 후 신으로부터 받는 심문이 흥미롭다.

"너의 삶이 기뻤나?"

"남을 기쁘게 하였나?"

다니엘 키네만은 "내 하루 삶속에서 기쁜 시간이 길면 길수 록 행복한 사람이다."라고 하였다.

- **지금 여기 사는 사람**

과거와 미래의 상상 속 고통의 노예가 아니다.

많은 선현들의 주장이기도 한데, 바이런 게이티도 "Loving what is(지금 있는 그대로 사랑하라)."라고 하였다.

• 양심과 정직의 바탕 위에 서야 한다.

외부로도 그렇지만 내부적으로도 반드시 그래야 한다. 나 스스로에게 먼저 정직해야 하고 미안해 할 일을 하지 말아야 한다. 머리가 아니라 마음의 바탕 위에 서야 한다. 내가 최고라고 했던 그동안의 가치, 즉 '평균의 가치'는 애매모호하기 짝이 없어 폐기 처분한다. 성경에도 "진리가 너희를 자유케 하리라."고 하였다.

• 자유로운 사회가 되는 데 일조한다.

사회적인 정의를 세우는 데에 관심을 기울여, 평등화의 불평등의 모순을 없애야 한다. 일찍이 부패한 기득권 세력에 반항한 소크라테스를 존경한다. 99%가 단 1%의 노예가 되어 있는 이 모순된 사회를 개조시키는 데 일조한다.

• 주체성을 침해당하면 저항하는 사람

자유는 거저 얻어지는 것이 아니다. 어떤 상황에서 내적 부자유를 느끼면 저항해야 한다. 전통에 얽매여 있는 보수적인 문화 속의 갑갑함에 '진보'라는 이름으로 저항한다.

- 애벌레비를 맞으면 EQ가 올라간다!? -

노인을 위한
나라는 없다

노인이라는 이유만으로 존경을 받을 수는 없다.

65세 이상의 500만이 지천에 깔려 있기에 어쩔 수 없는 상황이다. 한국은 자식에 대한 관심은 세계 최고이지만 노인에 대한 관심은 최하일 수밖에 없는 것이 프랑스 같은 나라가 120년 걸렸던 노령화사회가 되기까지, 우리는 단 20년밖에 안 걸린 탓도 무시할 수 없다.

대학 입학률을 보면 한국은 유럽(30%)이나 일본(50%)에 비하여 턱없이 높은 83%인데, 그만큼 자식 키우느라 올인 해 온 탓에 변변히 노후 대책을 세울 틈이 없었기에 경제적 기반은 너무 열악하다.

뉴욕의 타임스퀘어나 파리의 샹젤리제 거리의 카페에는 수많은 노인들이 자리를 차지하고 즐겁게 담소를 나누고 있지만, 영등포의 타임스퀘어에 가 보면 마치 노인 출입금지 지역이라도 된 듯 노인은 찾아보기 힘들다.

자유의 여신상

프랑스는 왜 하필 자유의 여신상을 선물했을까? 여신상의 왕관에 올라가는 314계단을 밟으며 늘 생각했던 자유. 그 왕관에 서서 저 멀리 웅장한 버래자노내로브릿지를 바라보며 물음을 던진다.

"자유는 저 다리 너머에 있는 신기루와 같은 것일까?"
갈 때마다 나를 압박했던 화두이다.
자유를 찾아 대서양을 건너온 지친 사람들에게 여신상은 'fighting!'으로 화답하며 환희를 선물했을 것이다. 그리고 그들에게 '세상을 밝히는 자유'를 건설하라고 주문했을 것이다.
하지만 나는 지금 자유를 한껏 누리고 있는 것이 아닌가?
자유에 대해 환상을 그리고 있는 사람은 아닐지?
나의 자유가 중요한 만큼 남의 자유를 존중한다.
남에게 조종당하기 싫으면 남도 조종하지 말아야 한다.
제인 로버츠의 말을 기억하자.

"당신은 자신의 독특함을 알고 있기에

다른 사람들을 지배할 필요도 없고

또 그들 앞에서 위축될 필요도 없다."

자유를 생각하면
잊을 수 없는 세 장면

• 쇼생크 탈출

감옥 안에 울려 퍼지는 〈피가로의 결혼〉 중 편지의 이중창 선율에 압도당해 모든 죄수들의 몸이 굳어지는 장면. 감옥에 어울리지도 않을 모차르트가 자유를 주장하는 기막힌 연출이다.

•• 빠삐용

기암괴석의 까마득한 낭떠러지 아래의 푸른 바다를 향해 "free as winds!"를 외치며 새처럼 양팔을 펼쳐 날아가 자유를 향해 바다를 헤쳐 가는 장면.

••• Roots

노예들의 자유를 향한 절규를 생각하면 40년이 지난 지금도 눈물이 난다.

나는 왜 이 장면들에 열광하는 것일까? 그것은 그들이 그토록 갈구했던 영혼의 자유를 나 또한 절실하게 원하기 때문이다.

229

06

비겁한 나, 당당한 나

내가 나를 보고 놀랐다

뼈저리게 후회하는 잘못들

좋아하는 것과 싫어하는 것

행복했던 때와 불행했던 때

잘하는 것과 못하는 것

나를 구속하는 것들

살고 싶은 삶

지난 5년간의 실천과 그 결과

실천 후의 상황

단 하나의 풀지 못하는 숙제

내가 나를 보고 놀랐다

플라톤 이래 오랫동안 사유되어 온 것이 'Who am I?' 아닌가.

영원한 수수께끼 같은 물음인데, 오늘날에는 물질주의에 함몰되어 퇴색되어 버린 화두이지만.

사실 오늘의 나는 모두가 과거의 산물이다. 그래서 미래에는 지금까지와는 다른 나를 만들 수 있는 것이다.

사람들이 말한다. "다른 사람의 눈으로 당신을 보라." 너무 익숙하여 내 눈으로는 나를 볼 수 없을 거라는 말에 수긍이 간다. 나의 패턴 안에 갇혀 있는 나를 다른 새로운 각도에서 냉정하게 바라보고 싶다. 진정 나를 사랑하기 위해 나를 파헤쳐 본다.

나를 돌아보면서, 내가 왜 그동안 그토록 열등의식에 사로잡혀 있었는지 후회할 수밖에 없도록 만든 것은 내게 단점도 많지만 너무나 많은 장점이 있다는 데에 놀랐다. 또 단점이라 해도 정도의 차이는 있겠지만 누구에게나 있음직한, 굳이 단점이라 할 수도 없는 것들이 태반이다.

이토록 우수한(?) 나를 돌아보며 나는 나에 대한 인식을 바꾸게 된 계기가 되었다.

뼈저리게 후회하는 잘못들

· 자책이 심했다.

나의 실수를 왜 그리도 모질게 몰아 쳤는지, 좀 더 너그러울 순 없었을까?

· 행복하지 않은 곳에 너무 오래 머물렀다.

이것저것 쓸데없이 많은 생각에 단호한 행동이 아쉬웠다.

· 가장 소중한 사람을 가장 소홀하게 대했다.

내세에까지 가서라도 갚아야 할 과제를 만들었다.

· 젊어서 '애절하게 이루고자 했던 꿈'이 없었다는 것.

그 꿈을 향해 매진해야 할 시간을 엉뚱한 곳들에 탕진하였다.

좋아하는 것과
싫어하는 것

• 좋아하는 것 •

멍하니 빈 머리로 산책하는 것

베토벤 9번 교향곡 4악장 듣기

연애나 가족 영화

혼자 있는 것

• 싫어하는 것 •

보수적인 사람들과의 대화

말 많은 사람과 만나는 것

행복했던 때와
불행했던 때

하고 싶은 간절한 열망을 이루었던 순간이 행복하고,
하기 싫은 일을 억지로 했던 때가 불행하였다.

· 행복했던 때 ·

애리조나 평원의 석양을 향해 달리던 순간

가족 공연: 교회 대예배 시에 특별 순서로 우리 가족이 나가서 키보드/
드럼/보컬로 나누어 〈미라클 제너레이션〉을 연주했던 일

· 불행했던 때 ·

돈을 쫓아간 시대: 회사 대표이사로 근무했던 시기

외국의 어느 회사의 매니저로 일했던 때

잘하는 것과
못하는 것

장점이면서 동시에 단점인 것도 있고, 또 정도로 보아 굳이 장단점에 넣기도 애매한 것도 있지만, 주관적인 판단으로 열거해 본다. 따지고 보니 나도 장점이 참 많은데, 왜 지금까지 그렇게 열등의식에 사로잡혔을까? 단점을 들여다보면 인간이면 어느 정도는 다 있을 법한 문제들이다.

여기에 한번 정리해 본 것은 나름 가치 있는 작업이었다.

◇ 장점

– 남의 얘기를 잘 들어준다.

　귀는 가슴에서 자라는 꽃잎이라 했다. 눈물과 기쁨 모두를 안고 가슴으로 들어주는 귀가 나에게는 있다.

– 반항 정신

– 남의 장점을 빨리 간파하고 칭찬한다.

– 망각이 빠르다. (행복의 제1조건은 나쁜 기억력이라고 했으므로)

– 유머감각이 조금은 있다.

- 목소리가 좋다.
- 말에 설득력이 있다.

  미국에서 프랜차이즈 방식으로 동부의료기를 경영할 때 사람들이 나를 믿고 제품을 구매했다.
- 겁 없이 도전한다.
- 결단력이 강하다. 몰입했다가도 칼같이 끊음.
- 검소하다.

  악마도 프라다를 입는 세상이고, 유명 브랜드가 국민복이 되는 세상이기는 하지만, 난 절대로 내 분수를 넘지 않는다.

◇ 단점
- 천하태평은 못된다. 늘 걱정이 많다.
- 콜럼버스식 사고

  사안의 해석을 객관적이 아닌 아전인수식의 주관적으로 할 때가 많다.
- 비관적이다. 정서적으로 불안하다.
- 소심하다.
- 변명과 합리화, 정면 돌파를 못하고 회피한다.
- 호불호를 명확히 밝히지 않는다.
- 실수를 너무 두려워한다.

  자신감의 부족. 왜 나를 믿지 못하는 것일까? 기회는 안전지대 밖에 있는 것을!
- 선입견과 편견이 강하다.
- 오만을 겸손으로 가장한다.

- 열등의식에 강한 척, 착한 척하는 '척'의 노예
- 'No!'라고 거절하지 못한다.

  부정할 줄 모르는 사람은 긍정할 줄도 모르는데…….
- 주위의 꼴 보기 싫은 사람을 단호하게 내치지 못한다.
- 귀가 엷다. 잘 믿고 잘 휘둘린다. 줏대가 약한 탓.
- 마음이 쉽게 약해진다. 끝까지 버티지 못한다.
- 암기를 못한다. 학창 시절 암기과목 성적은 최하였다.
- 남 앞에 나서는 것을 싫어한다.
- 한 가지 일을 오래 못한다.
- 화를 잘 낸다.
- 겁이 많다.
- 비판적이다.
- 남의 눈치를 잘 본다.
- 아무것도 아닌 것까지 자랑하려 한다.
- 형광등. 기억력이 좋지 않아 가끔씩 깜빡깜빡한다.
- 조급하다.
- 옹졸하다. 속된 말로 '밴댕이 소갈딱지'이다.
- 질투심이 있다.
- 고소공포증/밀폐공포증
- 아무것도 하지 않고 있으면 못 견딘다.
- 신경이 약하다.

나를 구속하는 것들

• 소유에의 집착

칸트는 일찍이 소유에의 집착이 자유로운 삶을 방해한다고 하였다. 덜 가질수록 더 자유롭다고 한다. 가만히 생각해 보면 이 말이 진리란 것을 알 수 있다. 돈에 신경 쓰던 자리에 자유가 대신 차지하게 된다.

• 선입견

편견으로 인한 섣부른 판단으로 실수를 연발한다.

• 칭찬과 보상

남들을 지나치게 의식하여 기대했다. 인정받으려는 욕구가 컸던 탓이다.

• 욕망의 유혹

'나'라는 작은 배에 너무 큰 돛을 달고 순풍의 유혹을 따라 줏대 없이 달려 왔다.

• 점점 빨라지는 시간

나이 먹을수록 행동과 생각이 느려지기에 시간이 빨라지는 현상이 나를 더욱 초조하게 만든다.

- 과거와 미래에 대한 생각

- 비관적인 생각

- 집착
별로 중요하지도 않은 것에 매달린다.

- 경쟁과 비교

- 병(病)

- 뭔가 해야 한다는 강박관념
프레드 그랫즌은 이렇게 말한다.
"게으름은 삶을 풍요롭게 만드는 우아한 선택이다."
또 폰 몰트게는 이렇게 말한다.
"똑똑하지만 게으른 장교들이 최고 권력층에 오를 수 있는 이유는 그들만이 가장 간단하고 편리한 성공 방법을 찾을 수 있기 때문이다."
뭔가 하지 않고 게으르게 보내면 안 된다는 생각에서 벗어나야 한다.

- 열등의식

왜 나는 열등의식에 사로잡혀야 했나?
열등의식은 모든 자신감을 삼켜 버린 악마였다.

• 척

왜 나는 나의 감정을 위장해야만 하나?
나는 이렇게 생각한다, 이렇게 느낀다, 이렇게 하고 싶다는 사실을 확
실히 밝히지 못한다.
왜 나는 100% 솔직해질 수는 없는지?
왜 나는 과장해서 말하는 습관이 있나?
왜 나는 '싫다'고 말하지 못하는가?
왜 나는 잘난 척하려는가?

• 맹목적으로 원칙과 관습에 따르려는 것

• 책임감

• 두려움/걱정

세월이란 좋은 약이 있지 않은가?
현재를 살자. 두려움은 때로는 방어용 경고로 다가오기는 하 지만, 대
부분은 약한 나를 괴롭히는 지나가는 악한 손님일 뿐이다. 두려움은 끝
도 없이 망상으로 이어져 나를 괴롭히지만, 진정한 자아를 확립하면 극
복될 수 있다. 진정한 자아는 내 속의 모든 거짓을 추방하면 확립할 수
있다고 본다.

- 고정관념

- '만약'이란 딫

- 소심(小心)

- 애매한 태도

- 조바심

- 망상

어느새 내 머리를 허락 없이 점령하는 괴물.

비현실적인 생각, 내게 상처를 준 순간, 생각하기도 싫은 사람 등등이 불청객으로 시도 때도 없이 나를 점령한다. 그래서 망상은 폭력배이고 마귀이다. 그만큼 마음을 다스리지 못하여 허점이 많다는 뜻이다.

두 번 다시 생각하기 싫은 나쁜 기억들은 그 사안의 특징이 너무 깊이 내 안에 각인되었다가 심심하면 망상이란 이름으로 내 마음을 뒤흔든다.

- 욕망

탐욕으로 이어지지 않도록 철저히 관리되어야 할 대상.

- 잘해야 된다는 강박관념 피그말리온효과

나는 ○○가 되어야 한다, 나는 ○○를 해야 한다, 나는 ○○하게 해야 한다, 나는 ○○를 가져야 한다는 등……

이와 같이 나를 포획하는 거미줄을 끊어 버릴 것이다.

살고 싶은 삶

지금 내가 나를 걸고 뭔가를 하려고 정하면, 온 세상이 그 결 정 사항을 중심으로 돌아갈 것을 믿는다. 내가 원하고 정하 는 것을 확실하게 구체적으로 정하지 않으면 어느새 지금 까 지처럼 뒤죽박죽되어 내 삶은 혼란과 갈등 속으로 빠져들 것 이다.

● 단순한 삶

수도원에서 정기적으로 각자의 사물을 공개하는 제도처럼 생각이나 소유를 단순화해야 한다. 노자도 '단순'을 최고의 가치로 보았고, 그 단순의 대가는 보통 사람들은 상상도 못할 즐거움이라 했다.

사실 이것은 어느 정도는 철학적이요, 종교적인 가치를 내포 하고 있는 것이다. 소유를 단순화함으로써 물질적 복잡성을 탈피해서 가난하게 사는 것이 결국은 풍요로움으로 이어진다는 사실을 포함하고 있는 것이다.

진리는 단순하고 명쾌하다고 했다. 그래서 현자는 복잡한 것을 단순하게 하고, 우자는 단순한 것을 복잡하게 만든다.

꿀벌 여섯 마리와 파리 여섯 마리를 한 유리병에 담아 놓고 병을 가로로 눕힌 후 병의 아랫부분을 환한 창 쪽을 향하게 하면, 꿀벌은 밝은 곳을

- 애인래비를 잊으면 EQ가 올라간다!? -

향해 날아가다 병에 부딪쳐 죽지만 파리는 1분도 지나지 않아 출구로 나온다. 꿀벌이 밝은 곳을 좋아하고 출구는 늘 밝은 쪽에 있으므로 초자연 물질을 몰라 유리라는 상상도 못하는 꿀벌들은 필연적으로 만나는 운명이지만, 파리는 마구잡이로 날아다니다가 출구를 우연히 만나 탈출하게 된다는 것이다. 단순함이 지능을 지배하는 한 예이다.

단순함은 모든 이의 삶의 원칙이 될 만하다. 사물을 복잡하게 만드는 일은 쉽지만 단순화시키는 일은 어렵다. 단순한 것을 복잡하게 보는 사람, 복잡한 것은 단순하게 보는 사람 모두 어리석다. 단순한 문제는 단순하게 보고 복잡한 문제는 복잡하게 봐야 한다는 것.

• 불편한 옷은 벗고 싶다.

나를 둘러싸고 있는 사람이건 물질이건 불편하다고 생각되면 과감하게 버릴 것이다. 이후의 삶은 이전과는 다르게 만들고 싶은데, 많은 저항이 내 안팎에서 일어날 것이다.

남들과 같이 생각하고 입고 행동해야 마음이 편했던 것은 사실이지만, 이제 용기를 내서 그런 것에 개의치 않을 것이다. 불편을 당연한 것으로 받아들이지 않을 것이다.

불편을 참지 않는 자에게 복이 올 것이다.

• 혼자 내 멋대로 조용히 살고 싶다.

고독! 그 자유로움과 고요함 속에서 내면의 세계를 바라보는 시간이다.

— 切唯心造(일절유심조: 이 세상 모든 것은 마음이 만든다)!

마음의 평화 지대와 내면의 세계를 확장해야 한다. 잔바람에 물결치지 않는 넓은 평화의 호수를 갖고 싶다. 거울을 보며 나의 내면의 소리를 듣고 싶다.

나의 주인은 나, 종으로 살아갈 이유는 없다. 사고의 자유, 행동의 자유, 나의 결정의 제국에서 살아가리라. 그리고 만족할 것이다. 내 인생의 황금기에 천억 개의 나의 뇌세포들의 변화무쌍한 활동을 극대화하도록 할 것이다.

남들의 생각이 나에게 영향을 미치게 할 수는 없다. 남들이 웃겨서 웃는 것이 아니라 내가 스스로 창조한 즐거움에 최고의 가치를 둘 것이다.

• 싸워야 할 때 싸울 줄 아는 행동가

순응해야 편해질 거라는 생각은 100% 착각이었다.

그 누구도 그 무엇도 두려워하지 않는다. 합리적인 두려움, 즉 본능적으로 사전 경보를 하는 두려움도 있기는 하지만, 내가 말하는 두려움은 파괴적 본질을 갖고 있는 상상의 두려움을 말한다. 누군가가 말한 것처럼 "나는 아무것도 바라지 않는다.

또 나는 아무것도 두려워하지 않는다. 나는 자유다."

• 명확하게 거절하는 태도

박절하게 거절하는 것을 주저했던 것은 나의 심약함의 증거였다. 거절했다고 해서 무슨 불이익이 돌아오는 것이 절대 아니다. 왜 그토록 거절하는 것을 어려워했는지 모른다. 그간 'No!'라는 말을 못하여 얼마나 나 스스로에게 비겁했는지 모른다. 완전히 내 속마음이 허락할 때에만 'Yes!'라고 할 것이다.

• 나답게 나로 살아가는 것

가식에 익숙했던 나와의 이별은 큰 아픔을 동반하겠지만, 나의 신념이 버텨 낼 것임을 확신한다. 내 기분을 최대한 존중해야 한다. 내가 나를 함부로 대하면 남도 그렇게 대하기 때문이다.

나를 VIP로 대접한다. 이를테면, 내가 하고 싶은 것을 하게 하고, 보고 싶은 것을 보게 하고, 먹고 싶은 것을 먹게 한다.

영화 〈far and away〉에서는 '땅은 남자의 영혼'이라고 했지만 나는 이렇게 말하고 싶다. '자존심은 나의 영혼'이라고. 하지만 난 나 자신을 사랑할 뿐, 우월감이나 열등감 따위는 없다. 나에게 존엄성을 부여하기 위해서는 정직성과 도덕성의 한계에 도전해야 한다.

비록 적은 수이기는 하지만, 나와 더불어 대화하고 웃으며 같이 가는 모든 친구들도 나와 동급의 VIP로 대접한다.

나의 장점을 최대로 살려서 열등감 없이 자존감을 살려 나를 표현해 가는 것이 나다운 삶이다. 자책도, 걱정도 없다. 대범한 행동으로 추진력을 기른다. 나는 나의 주장을 단호하게 지킬 것이다.

내 인생은 내가 지휘한다. 나는 철저하게 나의 내적 욕구의 종이 되리라. 죽기 전에 가슴으로부터의 이야기를 들어주고 싶다. 가슴 깊이 바라 왔던 것을……. 억압한 미안함을 조금은 보답해 주고 싶다. 너무나도 소심하고 겁쟁이였던 탓에 항상 상황이 종료된 후에 혼자 남아 후회해 왔던 나를 위로해 주고 싶다.

그래서 기분 좋게 피곤을 느끼며, 발코니의 흔들의자에 앉아 지나가는 사람들 구경을 하다가 죽고 싶다.

조지 엘리엇이 말했다.

"우리가 되고자 하는 것이 되기에 늦었다는 것은 없다."

꿩은 여러 걸음 걸어야 모이를 한 번 쪼아 먹을 수 있고 백 걸음은 족히 걸어야 목을 겨우 축일 수 있지만, 그렇게 삶이 힘들다 해도 새장에서 살기를 원치 않는다. 난 누구의 간섭도 받지 않는 그런 삶을 나 자신에게 살아 드리고 죽으리라.

내가 세상의 기준이 되리라. 내가 세상의 기준이 된다 해서 이상할 게 하나도 없는 것.

송(宋)나라의 〈소강절〉의 '一般淸意味(일반청의미: 나만이 느끼는 의미 있는 순간들을 사랑한다)'와 〈도덕경〉의 '上善若水(상선약수: 물처럼 사는 인생이 가장 아름답다)'의 의미를 가슴에 새긴다.

* 비교하지 말자

세상은 그 자체로는 아무것도 아니다. 내가 가치를 부여하기 나름이다. 사회적인 동물이 비교를 배제하기란 불가능하지만, 가능한 한 외형적인 소유의 비교에 집착하지 말자. 나는 내 가치대로 움직이면 그것으로 만족한다.

* 집중과 비전

이것은 나의 마지막 비전이다.

집중을 통하여 머릿속의 쓰레기인 망상을 청소하고, 컴퓨터처럼 정리 정돈을 잘해서 뇌세포를 활성화하는 것, 그리고 나의 꺼져 있는 99%의 유전자를 활성화시키는 것.

내가 잘할 수 있는 것 + 내가 원하는 것

I X V = R 원칙

Imagination X Vividness = Realty

누구든지 진실로 원하면 현실로 만들 수 있다.

클레이 에반스는 '무언가에 중독된 삶은 늙지 않는다.'고 했듯이 '영어와 쓰기'에 집중하고 싶다. 현실은 누군가의 집중된 생각들이 물질화한 것이 아닌가? 나는 몰입하는 순간에 희열을 맛본다. 몰입의 순간에는 아무것도 들리지도 보이지도 않는다.

2015년 9월 1일 오전 9시, 수목원에서 해설 원고를 지나치게 골똘하게 외우다가 나무에 부딪쳐 이마가 찢어진 사건은 내가 몰입의 순간에 100%의 집중도를 나타낸다는 증거이다. 너무 출혈이 심하여 위험할 수도 있었지만, 오히려 나는 희열을 맛보았다. 몰입에서 자유를 누린다.

집중하기 위해서는 동기부여가 중요한데, 나의 영어 공부의 목적은 영어를 쓰는 나라에 가서 한국어와 일본어를 자원봉사로 가르치는 데 쓰려는 것이다. 가까운 시일 내에 그런 날이 올 것을 꿈꾸고 있다. 외국이 안 되면 국내에서 외국어 무료 학원을 차려 자원봉사로 가르칠 수 있도록 하기 위하여서다.

비전을 이루고 싶다. 나의 마지막 희망이다. 이미지 트레이닝을 하며 무의식 속에 비전을 유전자에 깊이 새겨 넣는다. 생각하는 대로 이루어질 것이라고 확신한다.

5년 후, 즉 2020년에 서서 나의 이미지를 그려 본다. 폴 마이어는 "지금 내가 미쳐 있는 것은 반드시 이루어진다."고 하였는데, 플라시보효과(마음으로 바라는 것의 힘)나 피그말리온효과(간절히 바라면 불가능도 현실화됨)는

- 비겁한 나, 당당한 나 -

이미 다 겪은 이야기 아닌가?

많은 유명한 예술가들이 미완성 작품을 남겼다. 미완성이지만 완성품보다 더 소중한 의미를 남긴 것이 대부분이다. 비록 미완성이 될지라도 끝나는 그날까지 집중할 것이다.

• 내 마음을 다스릴 수 있기를

나를 둘러싸고 있는 자연은 한가롭고, 평화롭고, 단순하고, 풍요롭고, 조화롭고, 느리게 움직이는데, 내 마음은 바쁘고, 소란하고, 어지럽고, 복잡하고, 가난하다.

지극히 어렵지만, 내 마음을 자연의 모습처럼 가꾸고 싶다.

• 괜찮아! 뭐 어때!

이제 나에게 박수를 치자. 자신감을 갖자.

이제 나를 좋아하자. 긍정적으로 나를 보자.

쓸데없는 수치심에 사로잡히지 말자.

내가 감추고 싶은 결점을 들켰을 때 수치심을 느끼지만, 어찌 보면 수치심도 하나의 감옥이랄 수도 있다.

뭐 어때! 좀 뻔뻔해진다.

'내가 왜 그랬을까?' 따위의 생각일랑 떨쳐 버리자.

• 'No one'보다 'Only one'!

나 자신의 독특함을 알고 있기에 다른 사람을 지배할 필요도 없고, 또 그들 앞에서 위축될 필요도 없다. 질투할 필요도 없다. 질투는 그 자체로 나를 깎아내리는 짓이기에.

넓은 길로 갈 것인가 아니면 좁은 길로 갈 것인가의 문제가 아니라, 나만의 나침반을 따라 나만의 고유한 길로 가면 그만이다. 2%를 바꾸면 세상을 바꿀 수 있다. 회사의 지분을 49% 갖느냐 51% 갖느냐는 하늘과 땅만큼이나 다른 것처럼.

이 길은 평생 동안의 무수한 시행착오와 패배의 힘 위에 건설되는 것이다. 나만의 수양, 나만의 행동이 이 길을 가장 아름답게 가꿀 것이며, 내가 가진 최고의 것을 보여 줄 것이다. '다름'에 몰입하고 또 거기에 열정을 쏟아부을 것이다.

• 유쾌하게 나를 재창조한다.

웰빙의 중심에 나를 두고 기분 좋게 살 수 있는 환경을 조성한다. 재창조 과정에서 손해도 감수해야 하고, 저항도 감수해야 한다. 실패해도 좋다. 유쾌한 도전을 해 보고 싶다.

진정한 나로 살기 위해, 일반적이라 알려진 잣대로 '이것이 옳다' 혹은 '저것이 그르다'는 데에 구애받고 싶지 않다. 규범이라 해도, 전통이라 해도, 관습이라 해도 내 기준으로 불합리하다면 거부할 것이다. 나의 주관과 감정에 충실하고 싶다. 남의 정답이 내게도 정답일 수는 없다.

내가 강력하게 생각하고 행동하는 곳에 온 우주의 에너지가 미칠 것이다. 생각하고 결심해서 행동하는 곳에 우주의 자력이 도와주는 이야기로 영화 〈Dreamer〉의 11살 소녀 케일을 생각하면 될 것이다. 하늘은 스스로 돕는 자를 돕는다는 점을 기억하자.

- 행복한 삶을 살고 싶다.

나의 생각을 펼쳐 나가고, 내면의 소리에 충실한 삶을 살아 야 편안하고 즐거우며 이것이 행복이다. 행복한 사람이 똑똑한 사람이다. 지적 능력은 행복을 위한 유용한 보조수단에 불과하다. 나의 행복에 영향을 미치는 건강, 가족, 재정, 일, 친구, 신앙, 취미 등등을 잘 관리해 나갈 것이다.

21세기의 가치는 재미와 행복이라고 했다. 내가 자유인이 되고자 하는 궁극적인 목적은 행복 극대화일 것이다. 제레미 벤담이 "행복은 쾌락이 클수록, 그리고 고통이 적을수록 증가하는 것이다."라고 말한 것처럼, 행복의 극대화를 위해 욕심과 소유를 최소화해 나가고 싶다.

열정적으로 나의 비전에 몰입하는 것이 최대의 행복이다. 하지만 목표에 얽매여 쫓기는 현재를 만들고 싶지는 않다.

소화 못할 자극은 피해 가련다. 아니, 아예 제거해 버릴 것이 다. 화목한 가족 속에서 늘 웃으며, 베토벤을 들으며 숲길을 산책하고, 뜨거운 물에 목욕을 한 후 책을 읽으며, 친구를 위해 기도하고 복음송을 부르며, 맛있는 음식을 먹은 후 영화를 보며 눈물을 흘린다.

- 나의 장점에 주목한다.

영국 작가 줄리안 반즈(Julian Barnes)의 말.

"인생에서 당신이 잘할 수 있는 게 뭔지 발견하고, 할 수 없는 게 뭔지 인식하고, 원하는 게 뭔지 결정해서 그걸 목표로 삼아 나중에 후회하는 일이 없도록 노력하라."

나의 행복의 제1 조건은 두말할 필요 없이 나의 아내가 행복한 것이다.
아내의 행복을 위해서는 뭐든 할 준비가 되어 있다.

- 긍정의 힘을 믿는다.

지금까지 비판하며 부정에 끌려 다녔던 것을 지양하고, 부정적인 것조차도 긍정으로 수용하고 싶다. 죽음까지도 긍정의 울타리 속으로.

- 속도 중독에서 벗어나야 한다.

바쁘지도 않은데 다른 차를 추월하고 속도를 위반하고 끼어들고, 바쁘지도 않은데 은행 창구에서 기다리는 게 지루해서 안달하고, 바쁘지도 않은데 빨리 걷고 빨리 먹고. 이러한 속도 중독에서 벗어나 삶의 여유로움을 되찾자.

비겁한 나, 당당한 나

세상 만물은 작은 입자가 모여서 이루어진 것처럼 작은 변화들이 쌓여서 큰 변화가 되는 것. 밖으로는 환경을 개조하고 안으로는 생각을 정리하였다.

- 싫은 연수나 모임에 불참한다.

- 혼자인 것을 두려워하지 않는다.

- 양보만 했던 메뉴 선택에 적극 참여한다.

- 글쓰기 재능은 없지만 개의치 않고 쓴다.

- 즐겁지 않은 사람은 정리한다.

- 나의 정체성을 분명히 한다. 정치적 · 경제적 생각을 분명히 하고 필요하면 논쟁도 불사한다.

- 먹고 싶은 것, 사고 싶은 것, 하고 싶은 것들을 한다.

- 관행을 타파한다.

- 비전을 향한 열망이 강화되었다.

- 정치 · 경제 분야에 관심을 끊었다.

실 천 후 의 상 황

• 가난을 비웃는 못된 사회

가난하게 살기로 작심하고 경제에의 관심을 끊은 후, 세상이 가난을 보는 시각에 아주 큰 오류가 있음을 알았다. 교회에는 축복의 중심에 부(富)가 자리하고 있어서 가난한 사람들을 축복을 못 받은 증거물처럼 몰고 가는 못된 죄악을 저질러 온 것은 익히 알고 있지만, 일반 사회에서도 가난을 무능의 소치로 치부해 버리는 세태는 수용하기가 아주 힘들었다. 자본주의 사회라는 점을 감안하면 수용해야 마땅하지만, 수단 방법 안 가리는 비양심의 경쟁구도 속에서 승자라고 뻐기는 치졸함이 역겹다.

법위에 군림하는 1%가 90%의 富를 독점한 후 그 나머지 10%를 두고 99%가 죽기 살기 경쟁을 벌이는 현실이 안타깝다. 99%는 좌절을 안고 돌아온 후에야 나의 이 선택을 이해할 것이다. 나는 끝까지 경제를 떠나 가난하게 살리라.

• 모임 탈퇴의 아픔

너무나도 보수적인 사고들에 질려서 40년 된 모임을 두 개나 탈퇴한 후, 나는 며칠간 아파서 잠을 이루지 못했다. 사람이나 모임은 오랜 기간 동안에 걸쳐 내 속에서 유전자화 되어 있었던 것이다. 생각보다 고통은 오래 갔다. 하지만 시간은 언제나처럼 내 편이 되어 줄 것이다.

- 관행타파

아이 결혼 청첩을 아주 가까운 친구들에게만 문자로 통보하였는데, 그로 인해 훗날 큰 봉변을 당했다. 이유는 예의가 없었다는 것. 하지만 나는 개의치 않는다. 경조사에 누굴 부르지도, 내가 가지도 않을 것이다.

- 장점이 이렇게 많은 줄 몰랐었다.

열등의식에 사로잡혀 살아온 내가 새삼 나를 바라보며 놀란 것은 장점이 생각보다 많다는 것이다. 그리고 단점이란 것도 많기는 하지만, 관점에 따라서는 장점도 될 수 있는 사항들이 많아서 전체적으로 아주 우수한 인간이란 것을 발견하였다.

그렇다고 유치하게 우월의식까지는 아니라 할지라도 자신감에 충만할 수는 있게 되었다. 그리고 이 장점을 잘 살려보기로 다짐한다.

- 더 집중할 수 있다.

비전이 아주 구체적으로 명확하게 그려졌으니 그것을 달성하기 위해 준비해야 할 것들도 명확해지고, 그를 위해 전력을 투구해야 한다는 생각에 집중도가 상상 이상으로 높아졌다.

거기다가 생활이 단순해졌다는 점도 도움이 되고, 혼자 있는 시간이 많다는 것도 도움이 된다.

'난 해낼 수 있어!' 마법의 주문을 걸며 황홀하게 몰입하자, 절벽 같은 죽음의 위협도 저 멀리 도망쳐 버렸다. 지루했던 일상에 마법처럼 활기가 찾아왔다.

• 진실한 사람

거짓말, 과장, 허세 같은 것들은 약자들이나 속이 허한 사람 들이 하는 짓인데, 나는 '약자가 아니다.' 때문에 나는 안으로나 밖으로나 진실만을 말하고 행동할 수 있는 자존감 넘치는 사람이 되었다. 누가 나를 어떻게 평가하든 전혀 개의치 않는다. 대세에 휩쓸려 할 말도 못하는 소심쟁이가 아니라, 논쟁도 불사하는 정체성도 소신도 주관도 분명한 사람이 되었다. 나는 내 마음에 충성한다는 생각으로 즐겁다.

• 신체적으로 평화로워졌다.

일상이 되어 버린 숲길 산책의 발걸음이 한결 경쾌해졌다.
무엇이든 다 될 것만 같은 긍정마인드에 휩싸인다. 체중이 줄고 생각이 줄고 해결해야 할 문제도 줄고, 전체적으로 집착이 줄었으니 당연히 포기하기도 쉽다. 많이 여유로워지고 느려지고 담담해져서 지금 여기에 내가 확실히 재미있게 존재하는 것을 매 순간 확인한다.

• 눈물이 많아졌다.

느낌이 살아난다. 나의 순수한 마음으로 돌아왔다.
외로워졌지만, 결코 외로움을 느낄 수 없다.

단 하나의
풀지 못하는 숙제

정말 건드릴 수 없는(Untouchable) 숙제는 바로 종교 문제이다.

神은 나의 친구요 의지할 스승으로, 전지전능하시고 정의롭고 공평하신 분이다. 하지만 지금 교회에 존재하는 신은 무능하고 타락하여 나의 신과는 전혀 매치가 되지 않는다는 점이 고민이다.

교회 가는 것도 이미 나의 DNA이기에 아무리 삐뚤어진 교회라 해도 싹둑 잘라 버릴 수는 없다. 아주 신중히 기도해야 할 숙제이다.

책을 마치며

가슴엔 열정을 마음엔 평화를!
전에는 그렇게 크게 보였던 모든 것들이 이제 높은 곳에 올라와
보니 너무나도 작고 작아, 안 보인다 해도, 지워진다 해도 더
이상 중요하지 않게 되었다.

내가 좋아하는 것에 집중하고 싫어하는 일을 거부할 수 있는 제
대로 된 길로 접어들었다. 비겁한 열등의식에서 당당한 자유인
으로 변신하였다. 신념을 지키는 용기도 지녔다.
늦었지만 참으로 다행스런 일이다.

풍요로운 이 가을, 황금물결의 대평원에 자유의 노래가 울려
퍼진다. 신이 내게 허락하신 삶의 특권을 마음껏 누리며,
아침 8시의 싱그러운 숲의 정기를 받아,
모든 생물이 그렇듯이 이제 나도 나의 열매로 스스로에게 평가
받고 싶다.